中公文庫

戸惑う窓

堀江敏幸

中央公論新社

目次

戸惑う窓

嵐の夜に君を思うこと

部屋のなかにいて窓から外を見るときの、微動と静止、弛緩と硬直が交互に訪れるような感覚は、いったいどこから降りてくるのだろう。晴れていても曇っていても、昼でも夜でも、窓を介して外の景色を眺めていると、たとえば肘掛け椅子に深々と腰を下ろしてぼんやり天井を見つめていたりするのとはまったくちがう種類の感覚に襲われることがあって、風景を味わうのではなく、窓の前にいることじたいを味わっているような気がしてくるのだ。

採光、もしくは換気という機能を与えられた窓は、なぜかその機能以外の力で私に働きかける。外へ出ろ、内にこもるな、その場の気の張りを失うなと訴えるかと思えば、よくここまで来た、ここまで来れば十分だといった意味不明の慰めを送ってきたりもする。これは危ない、心身のバランスが崩れているのかもしれないと不安になることもしばしばだが、冷静に振り返ると、それは病的な幻聴ではなくて、あくまで自分の内なる声なのだった。つまり私がなにかに感応したのであって、なにかが私のどこかを狙ってじかに訴えてきたのではないのである。窓の前にいること。立っていても、坐っていても、窓の前にいて視線を外に向けていると、いつか、かならず、なにかが起きるのではないかと思わずにいられない。

十代のはじめまで私が暮らしていた家は、廃材を利用した質素な木造平屋建てで、裏手にあったわずかな土地を利用して建て増しした四畳半の和室にしか窓と呼びうる開口部がなかった。台所にもひとつあったけれど、それは二、三十センチ四方の正方形をした文字通りの採光窓で、前方に押し出してつっかい棒をする構造だったし、嵌められているのは磨りガラスだったので、正面になにがあるのかが摑めなかった。かりにそこが透明のガラスだったとしても、隣家の壁や塀が見えるだけだということもわかっていたから、あえて目隠しに磨りガラスを入れていたのだろう。家と家のあいだの光じたいも弱く、見晴らしはなかった。他の部屋にあったのは、開けるとそのまま内と外の境目が足元からなくなるうえ、幅の狭い縁側が床とひとつづきになってますます窓の堅牢さとは無縁になる、ガラスの引き戸でしかなかった。

　窓の語源は間戸、すなわち柱と柱のあいだの戸だという説がある。建材メーカーのチラシなどにも豆知識として紹介されているのを読んだことがあるから、定番に類するものだろう。しかし私の実家にあったのは、まさしく戸の一種であって、現在の窓とはべつものだった。晩年の正岡子規のごとく、畳すれすれのローアングルから上方へ伸びていく視線に習熟すればガラス戸の魅力は増したかもしれないけれど、外で遊び呆けているうち、がらがらという音に象徴されていた木製の引き戸はいつしかアルミサッシに取って代わられ、味気ない舗装道路と向かいの家の石垣が見えるだけの、ただのフィルターになってしまった。

　壁に開けた穴という意味で独立しているれっきとした窓を得たのは、老朽化の限度を超えていたその小さな家を取り壊し、やはり小さな二階屋に建て替えてからのことだ。もっとも、景色を眺めるなんていう贅沢はそこになく、隣や裏手の、鼠色の重そうな屋根瓦越しに頭を出している背の低い山々がかろうじて目を引くばかりで、窓際に長く留まることになんの喜びも、先に述べた緊張感も感じなかったのだが、あるとき同級生の、当時の地方の片田舎としては圧倒的にモダンで、したがって周囲から完壁に浮いていた広壮な鉄筋コンクリート造りの家に招かれ、打ちっ放しの厚い壁に穿たれた窓の前に立った瞬間、私の身の内になにかが起こった。

正面がたまたま工場跡の広い更地になっていたため、近隣ではめずらしく大きく視野の開けた窓の隙間から、好き放題に生えた雑草を撫でたあとの春先のあたたかい風が、音もなく流れ込んでいた。すべてが揺れ、すべてがざわめき、その一瞬の動きが窓枠の向こうとこちらを結んで、コンクリートの床に直接敷かれているグレーのカーペットに吸われていく。なぜだかわからないのだが、私はそのとき、はじめて窓の前に立ったという感触を得たのである。ただ四角く刳り貫かれているだけではだめなのだ。窓と壁の余白の割合や、視野の広がり方、そして窓を窓たらしめているガラスの質感や視点など、さまざまな条件にこちらの精神状態がうまく合致したとき、窓は窓という規矩を押しつけることをやめ、真の意味で開かれた窓になるのではないか？

その後、ときに意識し、ときにあえて無意識を意識するというねじれのある状態で、私はいくつもの窓の前に立ってきた。超高層ビルの展望台にある大ガラスを窓と呼ぶのであれば、観光をかねて夜昼どちらも鳥瞰を楽しんだし、飛行機の丸窓から雄大でかつ矮小な景色を味わいもした。古い民家の屋根裏部屋にある小窓から身をかがめるようにして、矩形に切り取られた世界を堪能したこともある。しかし、こちらが望みも頼みもしていない感覚が襲ってくるという先の事態は、なかなか訪れなかった。窓を私の言う意味での窓に変える条件とは、いやそういうものが本当にあるとしたら、偶然の要素でもいいからそれを後づけで挙げられるとしたら、いったいどのようなものなのか？

*

高校生の頃、大岡信の「窓をのぞく」と題された一文（『青き麦萌ゆ』）に触れて、私は『万葉集』の一首を教えられた。巻の十一と記されているだけの引用歌を図書館で探し当てたとき、大判の書籍を入れる低い書棚の上の、補塡材が軟化した重い旧式のサッシガラスを透かしてところどころ歪んで見える体育館の壁が、暮れかけた陽の光を照り返していた。体育館の天窓は水銀灯で白く輝き、その朱と白銀のコントラストが妙に不釣合いである。風はなかった。体育会系クラブの奇妙な掛け声と、合唱部のパート別練習の、まだ完全には揃っていない声がかすかに聞こえていた。

巻の十一、「物に寄せて思を陳ぶ」に収められている二六七九番の歌、「窓越しに月おし照りてあしひきの嵐吹く夜は君をしそ思ふ」も、その窓を異なる窓に変容させることはできなかった。代わりに、私の頭のなかには、天平時代の、ガラスなど嵌められていない窓の木枠を透かして入ってくる月の光に照らされ、嵐の音を聞きながらいとしい人を強く深く思うひとりの女性の姿が浮かび、期待していたのとは異なる文脈で心を揺さぶられたのである。

窓。間戸。もうひとつ、『岩波古語辞典』の定義によれば、窓とは、《「マ（目）ト（門）」の意》で、「室外を見、室内に明りや空気を入れるための小さい口。」となっている。そこにはかならず、「目」の働きが入るのだ。万葉の歌で窓を意識してから、当時惹かれていた式子内親王の歌にもしばしば窓が詠み込まれていることに、自然と「目」が移るようになっていった。

みじか夜のまどのくれ竹うちなびきほのかに通ふうたゝねのあき

（百首・夏）

冬くれば谷の小川のおとたえてみねのあらしぞまどを問ひける

（百首・冬）

秋の夜のしづかにくらきまどの雨うちなげかれてひましらむなり
（百首・秋）

まどちかき竹の葉すさぶ風の音にいとゞみじかきうたゝねの夢
（雖入勅撰不見家集詞）

『白氏文集』など先行する古典の詩句をたくみに取り込んだこれら数首を抜き出してみて明らかなのは、二首目を除けば、いずれも場面が夜になっていることだ。『万葉集』の歌の舞台も、夜、月、嵐。しかし先の歌のうたいぶりは、内親王のそれと比べるとはるかに強い「あくがれごころ」、すなわち陽性の抒情が前面に出ている。かたや式子内親王の歌には、「窓」の一語こそあれ、そこに「見る」という積極的な行為がなぜか感じられない。「室外を見る」という一点においても、窓は心の状態をはっきり表現してしまうために、ちょうどリルケ晩年の詩集『窓』のようにひとつの象徴として作用することがありうるのだが、式子の四首からはそうした問題は削がれているようなのだ。彼女は視覚より聴覚で世界を吸い込んでいく。「窓」はそこで、「見る」「眺める」ものである以上に、「聴く」ためのものだったのではないだろうか。窓を覗くのではなく、窓から見るのでもなく、「窓を聴く」ということだ。

漢籍に盛られた意趣が消化されているのだから、これらの歌の発想の源は式子の独創ではないとしても、その世界に深い親近感を抱いていたことの証しにはなるだろう。聴覚を鍛えることは、結局のところ視覚の精度を上げることと同義である。研ぎ澄まされた聴覚の網に、像が浮かぶ。像というよりほのかな光そのものが浮かび、聴覚を超えたところで焦点が結ばれてしまうのだ。あるいは逆に、像が結ばれたとき、その隙間から、「ひましらむ」の「ひま」から音が聞こえてくる。竹と風という主題には、家持の「わが屋戸のいささ群竹(むらたけ)吹く風の音のかそけきこの夕(ゆふべ)かも」などを想起することもできるだろう。

しかし、それはそれとして、窓とはいったいなんだろうか？　見たり眺めたりするための装置ではなくて、「聴く」、あるいは「聴いてしまう」ものだと説いても、それはとりあえずの回答にすぎない。窓について考えるたびに私は戸惑う。それどころか、窓にとまどう、という音のなかに「まど」の響きを聞いてしまうのだ。戸惑う窓。そう、主導権は窓に渡しておけばいいのである。私が悩むより、窓そのものに悩ませておいた方が、心身の健康にはずっといいだろうから。

＊式子内親王の歌は、錦仁編『式子内親王全歌集』（桜楓社、一九八二）より引用した。

対象のつかの間の、不安定な印象

机の前の壁に、アンドリュー・ワイエスの絵を何枚かピンで留めていたことがある。雨水を吸って茶色くふくらんでいる図録を古書店の均一棚で拾い、無事だった頁のなかから好みの作品を切り取った即席のポスターだ。一九七四年、東京と京都を巡回した日本経済新聞社主催の展覧会図録で、表紙には褐色の草とブーツを履いた足だけが描かれている《踏みつけられた草》が選ばれていた。皺のよった靴と渦潮のような動きのある草の組み合わせ。人物の胴体すらない大胆な構図の、溜め込んで弾けそうな動きと静止の緊張感に満ちたその絵はモノクロ頁に収録されていたから、色刷りの、原弘デザインによる表紙はとても貴重だったのだが、あちこちに黴が生えていたのでさすがに処分せざるをえなかった。その折に切り取ったのは、モノクロで《一九四六年の冬》、《ゼラニウム》、《風下》、色刷りでは、《海からの風》、《遠雷》、《泉からのひき水》だったろうか。ワイエスの絵を貼ったおかげで壁がただの壁でなくなり、絵のなかというよりその向こうに視線が突き抜けて、見えるはずのない風景の誕生に立ち会っているような感覚にしばしば襲われたことをいまも覚えている。

よく知られたあの《海からの風》を挙げるまでもなく、ペンシルヴァニア州の農村を描きつづけたワイエスの作品には、窓が多く登場する。窓という建物の壁に穿たれた四角い穴を介してのみつながりうる関係性の気配が、画面にただよう不吉なほどの静謐を食い破って、こちらの胸の空洞に入り込んでくる。風は、見えない。風そのものは、音を立てない。風がなにかに触れ、なにかをこすり、なにかとぶつかるときに、ようやく音は生まれる。見えない風を見えるものにするために、神は麦の穂を揺らし、木々の梢を傾け、花々を散らし、波を立て、髪をなびかせ、レースのカーテンをやわらかく孕ませる。聞こえない風を聞こえるものにするために、神は風が抜けていったものをすべて楽器に変えて、通過の合図とするのだ。

ワイエスの筆は、その過程をつぶさに描き出す。《海からの風》は、轍が二本ゆるい弧を描いてのびていく農地に面した、大きな窓に吹き込む風を捉えているのだが、そこに風を感知する者の姿はない。窓はあらゆる人々の目と口と耳と鼻の役割を担って、全体で呼吸をしている。水平方向から数度傾いた桟と、それと平行関係にある上げ下げ式の窓の枠のあちら側で轍と農地と浜と森の微妙な曲線が交じり合い、空はそれらの曲線を飲み込みながらどんよりと白む。ほかには茶と黒の変奏しかないというのに、抑制されたその色調が画面に不思議な生気を与えているのはなぜなのか?

風は窓という開口部で圧縮され、勢いと音量を増す。海からの風も例外ではない。世界は窓を介してこちらと向こうに劃然と分かたれているのではなく、むしろ親密な距離を置いて切れ目なくつながり、踏み越えてはならない親密さが逆に緊張の度を高めて、窓の意義をあらためて考えさせずにおかないのだ。超人的な技法で描かれたレースのカーテンは、たしかにふわりとふくらんでいる。しかしこの絵には、風の音やカーテンのふくらみを「やわらかい」と感じさせない張りつめたなにかがある。

すでに水彩画の技法を完璧に習得していたワイエスが、ルネサンス期の手法であるテンペラ画を義兄から学んだのは、一九三八年。写真かと見まがうほどの細密描写がさらに力を得て、世界を抽象的に震わせはじめる。平面なのに深みがあり、深い画面の底から軽やかな風がわたって、銅版画のごとく刻まれた硬そうな草を一本一本やさしく撫でる。遠くで、近くで、物音が聞こえ、胸の鼓動がそれに和す。画布の上では再現できないはずの風の音と肌触り。描かれている対象に注がれていた時間の堆積と、あの家を押さえ、この木々を留め、静物たちを適宜移動し組み合わせながら画家がつくりあげてきた、言葉にならない不安がこちらの胸に迫ってくる。

いや、つくりあげてきたという表現は正確ではない。むしろ心の内側に抽象的な光が射し、風が吹き過ぎ、吹き抜けるようにして立ちあげられたという受け身の感覚である。窓はその受け身の時間を、受け身の風を、もしくは風というものが私たちに与える本質的な受動性を保証する装置なのだろう。《海からの風》の、風を孕んだ薄いレースのカーテンが、孕み切れずに端からそれを逃して波打つ瞬間、吹いているのは自然の風であるばかりでなく、ワイエス自身に吹き込んできた内なる風でもあるだろう。吹き込むのではなく、吹き込まれること。風にはなんの意思もない。窓はここで、視線を外に流すと同時に、そういう風を、絵を見るすべての者の内に流し込む。

このような呼吸法をワイエスに促したのは、一九四五年に起きた父親の痛ましい事故死である。著名なイラストレーターでもあった父親の精神的支えを断ち切られたとたん、息子は、これまで父と育ててきたものをべつの手法で表現しよう、「ただの器用な水彩画家」を脱して、「自然を戯画化しながらことを軽々しく扱うのではなく本当に真剣なことをしよう」と決意する(前掲図録より、リチャード・メリマンによるインタヴュー)。《海からの風》に先立って最初に得られた成果が、《一九四六年の冬》だった。クレーン撮影かそれともヘリコプターによる空撮か、中空の、もうそれじたいで不安の浸潤というほど奇妙な斜め左上からの視線が、右下へのびていく青年の影を取り押さえている。影は少しずつ傾いた地面の拘束から脱け出し、他の絵の細部に溶け込んで、いま、そこに見えている風景の先を私たちに示す。時間を止めて得られた静寂ではなく、空間を正しく、彼だけの方法で歪めたことによって生じる沈黙。冷たく澄んだ硬質な被膜、ほとんど彼の皮膚と言ってもいい心の膜から、見えない血がうっすらと滲み出てくるような緊迫した画面である。

ワイエスが表現しようとしていたのは、「対象のつかの間の、不安定な印象」である(同右、ペリー・T・ラスボーン「アンドリュー・ワイエス」)。人物画のみならず、納屋や窓辺などに散在する朽ちた小道具への偏愛のうちにも、不安定さは明瞭にあらわれている。同時にそれは、台地にも、丘にも、空にも、堅固で崩れそうにない建物の外面にも分有され、画家の眼差しを通して私たちにも伝えられる。ワイエスの絵を見ていると、建物が描かれていない画面のこちら側に、いつも見えない窓の存在が意識されてしまう。現場にしか生成しない不安を定着させる特別な装置としての窓が、隠されているように感じられるのだ。

ところで、内から外へと開ける窓を窓たらしめているものと、外から内を覗き込む窓を窓たらしめているものに、共通項はあるのだろうか。一九七四年の展覧会には出品されなかった《クリスチーナの世界》にはじまるオルソン家シリーズの一枚、ドライブラッシュと水彩による《ゼラニウム》は、外から室内を描いた作品であると同時に、内から外へと視線を投げることも可能な構図を持っている。仕掛けはきわめて簡単だ。六枚のガラス板で構成された引き上げ式の窓を透かして家のなかを覗き込むと、手前に白いベッドのシーツがあり、反対側の窓辺にゼラニウムらしき赤い色が三つほど散って、その先に薄青の海が見える。私はそのゼラニウムの赤を、ずっとあとになってカラー図版で確認した。花弁を照らす光は明らかに反対側の窓からやってきたものので、手前の窓の外にいるはずの画家は逆光のなかに立っている。壁には、だから人影が映っていない。反対側の窓は、手前の窓の内側に収まるような角度で描かれている。窓のなかの窓。窓、外部、窓の順ではなく、窓、内部、窓、外部へと運ばれていく視線が、心地よさと居心地の悪さのあいだで揺れる。

反対側の窓は、画面の中央やや右寄りに位置しているのだが、その窓を取り囲むように手前の窓が広がっていてかなりの部分が逆光の闇に沈んでいるため、なかにいるはずのクリスチーナが亡霊にしか見えない。画家自身の言葉を借りれば、青っぽい、海よりは濃い青のストライプの、ぼやけた案山子のような人型があるだけだ。窓に挟まれた部屋で暮らしている身体の不自由な女性の暗部が画家の心の奥にまっすぐ跳ね返り、飛沫は絵を見つめるこちらにも降りかかって、無傷のままでいさせてくれない。窓から他人の部屋のなかを眺める行為は自分自身の内側を探ることでもあるのだが、窓の前に立つだけで絵ができあがるはずはない。画家が窓の外でなしうるのは、なにかが起きるのをひたすら待つことだけである。絵に描く以前に、なにが起こるかわからないままなにかを待つという行為が、画面の強度を高めていくのだ。

ワイエスはイギリスの風景画家コンスタブルのように、ひとつの場面に命を、もしくは命の痕跡をあえて加える必要はないと考えていた。静かに腰を下ろし、じっと待っていれば、命はかならず、「ここしかないというところに」、まるで「一種のアクシデント」のようにやってくるのだと。

「命」の原語である life は、「人生」と訳すこともできる。しかしコンスタブルは、風景のなかの、正しいスポットに降りてくる突発的な要素――それがあるかないかで、絵だけでなく絵を描いている人間自身が生きも死にもする重要な要素――を、life と見なしていたのかもしれない。同様に、ワイエスの絵における窓とは、ここしかない一点を、不安だけでなく命の兆す瞬間を見定めるための、いわば本能的な枠組みだったのではないだろうか。

光はノックもせずに入ってくる

窓を写真に撮ることは、光そのもののポートレートを撮ることだ。エドゥアール・ブーバは、一九九三年に編まれた写真集の序文にそう記している。

近しい人々や、のちに近しくなる未知の人々のポートレートは撮るけれど、光を撮影したりはしない。光は、モデルたちと分け合う。写真をつくってくれるのは光であって、だから、光とは写真なのだ。「窓」の制作は、わが友に、つまり光に任せておく。光はノックもせずに入ってきて、自分自身に彼女を、つまり光を与える。

（『ブーバの窓』エディシオン・アルグラフィ、拙訳）

カメラの暗箱は、仏語で「暗い部屋」と表現する。写真家は部屋のなかにじっとうずくまって、光の到来を待つ。あるいは光を瞬時迎え入れる。そのために必要な開口部は、ほとんど窓に等しい。暗い部屋に光を導き入れれば、それは「明るい部屋」に変貌し、小さな直方体の内部で明は暗となって、暗はまた明となる。ときにはその明るい壁面や天井に黒い影だけが映し出され、震えたり伸び縮みしたりしながら、ふたたび部屋から消えていく。窓はシャッターとなって光を吸い込み、影絵を生み出す映写機となるだろう。

部屋じたいを暗箱にすること。学生時代に暮らしたいくつかの安アパートには、雨戸がなかった。探せばまだ木製の窓枠が嵌め込まれた部屋も見つかった時代だが、私と縁のあったところは、木造モルタル塗りであるにもかかわらず、窓はどれも後づけのアルミサッシだった。十数センチほどの庇というか雨よけがあるほかはむき出しに近く、大雨になると不凍液かなにかを入れたのではないかと思えるくらい不純な雨粒が、音を立ててガラスを打つ。室内側には、窓の桟の上にたいてい二重のカーテンレールがあった。薄いカーテンだけでは、夜、電柱に取り付けられた街灯の光が差し込んで明るすぎるし、冬場になるとかなり寒い。といって、厚いカーテンをつけても、三間しかない狭い空間では、ただでさえ埃っぽい部屋の空気がますます濁るようで落ち着かなかった。

むかし、夏休みのたびに何日か寝泊まりした田舎の親族の家には濡れ縁があって、その手前に板敷きの空間が挟まれ、雨戸、ガラス戸、板の間、そして障子という遮蔽幕が連なっていた。雨戸はもちろん木製である。それも安い杉板でできていて、虫喰いの跡や節穴がいくつもあった。穴は最初から開いていたのではなく、使っているうちに楕円の節が抜け落ちたのだろうが、台風や雷雨の折にはそこから雨水が容赦なく吹き込み、本来の役目を果たしているとは言いがたかった。

ところが、その欠陥がすばらしい現象を生み出すこともあるのだ。夏、きな臭い時代のように義務づけられている早朝のラジオ体操のために無理して起きた、大気に夜明けの名残があって蟬の鳴き声さえすがすがしく聞こえる時間帯には、光はまだ若く遠慮がちで、直接こちらに降り注いではこない。身体を動かし、爽快な気分で帰宅して食事をするとたちまち睡魔に襲われ、十時、十一時まで寝てしまう夏の日々の幸福。二度寝に際しては、厚いカーテンなど引いたりしない。雨戸も閉めない。目が覚めると、額にじっとりした汗が滲み、部屋中が明るんでもわっとした湿気に包まれている。二、三週間ほどして強制的な早起きの習慣がなくなり、二度寝の恐れがなくなったとたん、目覚めはいきなり強い陽射しのなかでなされるようになる。

その目覚めの場が、街なかにある自分の家ではなくて、山野に囲まれた親族の、なにからなにまで木造の古い家に移されるとどうなるか。雨戸のうちでも極小の節穴から差し込んだ光が、ピンホールの原理で障子に逆さの像を映し出す奇跡をもたらしてくれたのである。縁側の向こうはなだらかに下っていく畑地になっていて防砂のために松が植えてあったのだが、そのうちの一本に当たる陽光が空気中に舞う埃や煙草のけむりとは別種の光の実在を感じさせてくれるのだった。柱と柱のあいだで戸惑う雨戸の、縦のスリットから漏れる光の筋も美しい。しかし夢うつつの状態で眺める光景としては、障子に映った倒立像の方がはるかに幻想的だった。ふだんとはちがう環境で目が覚めた直後のかすかな緊張、差し込んでくる陽光の微妙な角度。生起している出来事の非現実的な色合いをそれらがいっそう濃くしてくれる。暗い部屋の内側の、明るい映写幕。映画館のなかにいるのか、カメラの暗箱のなかにいるのか。窓はもはや手で触れられるものではなく、網膜上にしか存在しない幻になっている。

窓を撮るとき、エドゥアール・ブーバは、光を迎え入れることと倒立像の夢を描き出すことを同時に実現しようとした。そのために必要なのは、調整されていない完璧な自然光だ。スタジオでの調光もデジタル処理した人工的な光も彼には無縁である。光は内から外へ、外から内へと出入りしながら、音も、匂いも、壁や皮膚や床の手触りをも正確に伝える。そのささやかな一点から、世界が開けるのだ。「窓は一個のオレンジのように開く」(「窓」)とアポリネールは詩(うた)った。言葉どおりそこでは光の果汁があふれ、若々しい果肉が弾ける。

窓辺には、光だけでなく、人間がいる。海辺のテラスで書きものをしている、帽子をかぶった女性の後ろ姿。男ばかりのカフェの入り口の、ガラス張りのドアの内側に立って、往来を見るともなく見ている若い女性。モデルのようにほっそりした彼女の白い両の手には小さなバッグの柄が握られ、ガラスには街灯の支柱に立てかけられた自転車やガソリンスタンドらしき建物、そして数台の車が映し出されている。光は艶やかな表面で遊び、飛び跳ね、一九五七年のパリ十四区の午後を映画の一場面にしてしまう。それから十三年後、七〇年のパリのアパルトマンの一室では、閉じられた窓とレースのカーテンのあいだに、女性がひとり、刺繡さながらふわりと立っている。

また、七八年、イル・ド・フランス地方のどこかで撮影された猫と少女の後ろ姿も印象に残る。内側に開かれた窓の、レースのカーテン越しに撮られているのだが、少女は窓の外、歩道もしくは庭先に立ち、猫は洋梨形で桟に丸まって、彼女とほぼおなじ方角を見つめている。もっとも、光は彼女たち——猫が牝だとして——に直接当たらず、木立の枝々を透かしてやってくる。この場合、光は濾されているのかいないのか？　写真家は、濾過の過程の公開までも光の意向に任せているようだから、正しくは濾されるがままにしていると言うべきだろう。

窓辺の緊張と弛緩。幸福の予感と不幸の延期。一九五六年、フランス南西部バルブジウーで撮影された一枚が私を魅了する。三つ編みの少女が窓辺に置かれたスツールだかテーブルだかに膝を突いて、外を眺めている。ただし、視界は大きな葉の樹木に遮られて、景色は見えない。光は木々の向こうからではなく上から降ってくるのだが、そのほとんどは彼女が左手に持っている風船に吸い込まれていく。ここにはあたらしい命が芽生える寸前の、鈍い緊張感がある。光が遍在せず、一カ所に溜め込まれて、なにかが起きるのを待っているかのようなのだ。光の球はアポリネールの言うオレンジだろうか。この風船が破裂するとき、光は一挙に、太陽光線のように広がるのだろう。

光の箭（や）は天にまでのぼり、雲上で彼女を天使に変える。一九九一年に撮影された、おそらくはダンボールの羽を持つひとりの天使――天使の数え方は、それでよかったのか？――となったバレリーナ。彼女の背後には片側が八等分された窓がある。曇りガラスなのかそれとも汚れているだけなのか、光は彼女のレオタードほどの白さもなくぼんやりと表面にまとわりついている。椅子に腰を下ろして休息中の天使は心持ち顔を傾け、疲れに似た表情を浮かべているのだが、私は、この窓を、この木の椅子を、この床と壁の光を知っている、と思わずにいられなかった。ブーバの世界に入り込んだからではない。たしかに、これとおなじ椅子、これとおなじ窓のある部屋で、幾人――でよかったのか？――もの天使の卵たちが、あの光の風船を求め、トゥシューズで跳ね、屈み、舞い、移動する様を追っていたことがあるのだ。

一九九一年、私は留学生としてパリにいた。年が明けてまもなく、多国籍軍という耳慣れない軍隊がペルシア湾岸の国に攻撃を仕掛けた日、とある邦人記者の取材に付き合って緑豊かな中庭を取り囲むアパルトマンの一室を訪ねると、細い細いバレリーナたちが、壁一面に張られた鏡を見ながら、真っ白な光の筋となって輝いていた。冬の午後、陽光はあっという間に翳って、羽目板の床が薄闇に沈んでも教師はいっこうに明かりを灯そうとしない。にもかかわらず、ひとりひとりの動きをはっきりと見極めることができた。彼女らは窓からの光を待たず、自分自身が光となって逆に窓を照らし、魚群のようにすみやかに、なめらかに、いっせいに向きを変えていく。多国籍軍（レ・ザリエ）を形づくる名詞とおなじ語源を持つ結びつける（アリエ）という動詞が、その動きを表現するに最も合致していた。ブーバの天使が座っていた椅子の、左に教師が、右に記者が腰を下ろし、私はその前に立って、「ノックもせずに入ってきて、自分自身に彼女を」与えている光を意識しながら、彼らのあいだを取り持つ言葉を探しあぐねていた。それらしい一語が口をついて出てくると、見えない天使が粗悪な厚紙の羽をひらつかせて微笑んでくれる。その顔が窓枠に収まったとき、暗箱が明箱になって、練習場全体がふわりと宙に浮いていくような気がした。

風になった光

パリのシテ島に聳えるノートル・ダム寺院には、三つの薔薇窓がある。最も知られているのは十三世紀半ばに建造された南側の薔薇窓で、直径は約一三メートルに及ぶ。私がこの巨大な薔薇窓とはじめて向き合ったのは、二十代の半ばのことだった。過去におびただしい数の同胞が記してきたノートル・ダム寺院とその周辺の歴史や体験談をここで繰り返すつもりはないけれど、それらの記述を読んで得られたのは、文章には力のあるものとないものがあるというごく単純な事実だった。語る力が不十分なら沈黙を守っていた方がいい。そんな物言いをすればすぐさま自分に返ってくることを承知の上でなお、写真や映像ではけっして表現できないものがたしかに存在すると思うからこそなんとか言葉を綴ろうとしているわけなのだが、実のところ、あの薔薇窓を前にして気の利いたことを言うのは不可能である。

シテ島はセーヌ河の中之島だから、両河岸までの幅は当然ながら狭い。運河程度にしか見えないこんな流れが、なぜ憧れをもって語り継がれてきたのかといぶかしく思われるほどである。その緑に澱んだ水と護岸壁の先に建つノートル・ダム寺院のファサードは、少年時代に観ていた空想科学特撮番組の、正義の味方を苦しめる怪獣のうち、最強の一体によく似ている。寺院の屋根の上にはガーゴイルと呼ばれる怪獣めいた守衛がいるので、ここは元来、そういう得体の知れない存在と通じている空間なのだろう。

ともあれ、ある秋の終わりのこと、もういいだろうというくらい語り尽くされてきたこの寺院のなかに、私は足を踏み入れた。そして、薄曇りの外光をかすかに吸い取ってぼんやりした光の輪を幾重にも重ねながら内陣を見下ろしている南側の薔薇窓の前に立ったとき、おそらく百人以上の観光客がいたにもかかわらず、たったひとりになって身体中の汚れが外に流れ出していくような感覚を味わったのである。有名に過ぎるというだけでまともに向き合いもせず、なんだかんだと敬遠してきた自分を恥じたい気分だった。

世のあらゆる観光名所がそうであるように、地元の人間はたいてい近寄ろうとしないから、院内をぞろぞろ歩いているのは余所の土地の空気を吸って生きてきた旅行客ばかりで、一カ所に長く足を止める者は少ない。旅程が詰まっている以上しかたのないことなのだろう。そういう意味では、勤め人でもなく、フランス人でもなく、信仰ある者でもなく、期間限定の留学生にすぎなかった私は、きわめて幸運だったと言わなければならない。時間だけはたっぷりあったからだ。生き物のような八十四枚の色ガラスの発光体の下の、冷たい木の長椅子に腰を下ろして白い息を吐きながら、ただじっとしていればよかった。その後、季節と時間を変えて何度もおなじ場所に身を置いてみたものの、晩秋の少し弱まった曇り空の光が、私の瞳の頼りない虹彩といちばん相性が良いように思われた。薔薇窓の本領は、特定の季節の、特定の時間帯にこそ発揮されるのかもしれない。

ところで、あの典雅な窓には、ステンドグラス同様、まずは暗い石造りの空間に光を採り入れるという現実的な役割がある。ただし南の薔薇窓を見ていると、外光はたんに色付けられ、濾過されて入ってくるのではなく、特殊な生き物と化した気泡のある厚いガラスから放出されるエネルギーを、内陣へと伝達しているように感じられる。

なにか意思を持ったフィルターが、無償のようで無償でない光を放っている気配なのだ。人によってはそれが身体の波長と合わず、かえって悪い影響を受けるのではないかと不安になるほどに。

そんなことを考えたのは、パリから電車で一時間ほどの平地に位置するシャルトル大聖堂の、奇跡の青と称される重厚なステンドグラスと、ノートル・ダムの規模に匹敵する薔薇窓を見たときのことだった。すでに一度、ある場所で書いた話だが、晩い秋、半日程度の行楽のつもりでシャルトルに出かけ、真っ先に入った大聖堂の、深海生物が発する光とすでに死んでいる星々から届いた数億光年遅れの光が混じり合う信じがたい色彩の乱舞に身の痴れるような感覚を味わっていると、突然、ヘルメットをかぶった作業服姿の男たちがなだれ込んできて、静謐な空間をたちまち騒々しい工事現場に変えてしまった。なにが起きたのか理解する暇もなく外に追い出されて、帰りの列車を待つあいだすっきりしない気分で古い町を歩きまわったのだが、ふと誘われるように入った書店の飾り窓に、私は思いもよらぬポスターを発見したのである。それは二十一世紀のいまもつづいている「ジュルネ・リリック」という、シャルトル市が中心となった音楽祭のプログラムで、その夜は、会期中たった一度だけの、大聖堂での音楽会が予定されている回に当たっていた。先の工事は、仮設ステージのためのものだったのだ。開演は午後九時。パイヤール室内管弦楽団を招いて、サン・サーンスのモテットとオラトリオが演奏されることになっていた。

書店の人に教えてもらったチケット販売所に行ってみると、柱の後ろの、演奏家の姿はまったく見えない安価な席がかろうじて残っていた。終演まで粘った場合、帰りの電車がなくなってしまう。迷った末にチケットを取り置いてもらい、駅前のホテルを数軒当たってみたところ、運よく一部屋だけ空いていた。そんなわけで、格安のチケットと格安ではない部屋をあわせて確保し、私は夜までの時間をひたすら歩いて過ごした。

日暮れが近づくと、大聖堂の薔薇窓のすぐ外側に、電力会社のロゴが入った中型クレーンが二台寄って、即席の照明灯を組みあげた。数時間後、強力なライトで照らし出された薔薇窓の光をちらちらと眺めながら、私は柱の陰でじっとサン・サーンスを聴いていた。音楽はもちろん、薔薇窓も美しかった。自然光を透かした柔らかさには及ばないとしても、個々の色が混じり合わず、雪片のように冷たく、ニュートリノさながらまっすぐに降ってきて、氷と化した石の床とパイプ椅子に震えている私の身体を包み込んだ。

しかしいま、その夜の光を記憶のなかで再生しようとすると、どうしてもうまくいかないのである。中世の魔法の色ガラスは、神から授かったものではない人工光をいくら当てられても、内省を促すほどの表情を見せてはくれなかった。光の質がどこか理解の届かない場所にあるようで、二十一世紀的に言えば、あの夜のシャルトルのブルーは、発熱のほとんどない青色発光ダイオードの光に近かった。明るさと熱がべつものになってしまった無機の光。つまり、シャルトルでの体験は、心と身体が乖離した不自由な感覚をもたらすものだったという否定しがたい事実が、時が経つにつれて明らかになってきたのである。十三世紀の無名の職人たちが、不純物の多い鉱物を混ぜながら祈りを込めて世に送り出した歪な色ガラスは、神の意図に反して夜と昼を逆転させる安易な光の通過を許さなかったのではあるまいか。だからこそ、均一な照明を浴びたあの薔薇窓の記憶は劣化して、平べったい色セロファンに変わってしまったのではあるまいか。

薔薇窓をいくら見あげても、その向こう側になにがあるのかはわからない。空が広がっていることくらい想像はつくけれど、光に包まれ、光の内側から思い描いている空は現実の空ではない。向こうにある景色を見せないための窓とは、レントゲンのように突き抜けてしまわずいったん体内に蓄積されてからあたらしい光源となる光を放つ、有機的な孔である。この装置の下に立つとき、私たちの身体の核から発せられる光は波動になる。風になる。光は存在の帆を進める風に変換されて外に出ていくのだ。

羅針盤や航海図の上に置く風配図を、仏語で「風の薔薇」という。最大三十二方位を示すことができるこの円盤には、当初四つの方角しか記されていなかった。やがて倍の八つになるのだが、その八方向を記した風の薔薇がノートル・ダム寺院の西側の広場に埋め込まれている。道路情報に用いられるポイント・ゼロ。首都から何キロ離れているかという距離の測定は、すべてこの西側のファサードの小さな薔薇窓の前にある、もうひとつの薔薇を基準にしている。神秘の光を浴びた者はおのれの身体を透視し、光を熾火（おきび）のように育てて、広場でそれを風に変えるのだ。身の内から吹きあがった「私」の風が、いったいどの方向に向かうのか。極彩色でありながら限りなく質素な光の束は、もうそれを原初の頃から知っていたように見える。

窓と扉のあいだで

採光や遮光というカメラのシャッターとおなじ機能を持つ窓に精神的な明暗と開閉の暗示を見ることはたやすいのだが、日常生活における窓には、人や物が出入りする穴という、もっと実用的な役割もある。まだ外国語を学んでいなかった頃、翻訳小説を読んでいてしばしば出くわした謎の言葉のひとつに「フランス窓」があって、前後の文脈からすると、人の出入りするドアもしくは扉としか解釈できないのに、なぜそれが「窓」なのかがわからず悶々としたものだった。なにしろ桟に手をかけてよじ登ったり、よいしょと跨いだりするにはやや高貴にすぎる女性が登場しているし、小さな子どもが平気でそこから家のなかに入ってくるといった描写もある。現物を知らない読者が面喰らったとしても不思議はないだろう。

辞書の定義によれば、「フランス窓」とは、テラスやバルコニーに面し、下端が床とおなじ高さになっていて、しかも内側に開く両開きの窓を意味する。建築関係では、それを「フレンチドア」と呼び慣らわしてきたらしい。後者に関しては、実際に家を建ててそこに住もうとしている大切な顧客たちに誤解がないようあえてそういう訳語が選ばれたのだろうと思われるが、原語を参照するとこれは文字通り porte-fenêtre、要するに「扉」と「窓」が組み合わさった複合語にすぎない。門扉ならぬ窓扉、いや、語順を守って扉窓とでもしておけばいいのだろうか。あいだに中黒を入れた窓・扉のように、下手をすると味気ないカタログ的な表記に堕す危険性もあるけれど、フランス窓とフレンチドアは日本語において結局のところおなじものを指し、その先には、室内の床と地続きの、靴を履いたまま出て行ける空間が広がっている。

注意したいのは、窓と扉を兼ねているこの仕切りの向こうが、内でもあり外でもあるという一点だ。仕切りの枠に身体をもたせかけるだけでは内か外かは判別できない。しかし、一歩外へ踏み出しても、そこはバルコニーであったりテラスであったり塀や植木で閉じられた庭であったりと、外でも内でもない世界が待ち構えている。一枚の壁を刳り貫いてできた穴にガラスを張っただけの窓ならば、鏡の裏表として機能しうる。壁抜け男さながら身体半分を外に、半分を内に置く位置で静止して、ある種の無重力のなかにたゆたうことだって不可能ではない。これに対して、フランス窓には、きわめて曖昧な奥行きが潜んでいる。それは、世界の境界をさらに茫漠とさせる未決定の空間なのだ。こちらからあちらへの乗り継ぎの間を用意することで、扉窓はさらに奇妙な浮遊感とそれゆえの不安で私たちを包み込む。

しかし、このような作用は特別なものだろうか。窓とは本来、平面でありながら不可視の奥行きを現出する絵画のようなものではなかったか。フランス窓には、内なのか外なのかわからない絵画の一歩向こうの、現実には測定可能な距離が、いつまでも縁にたどりつけない閉ざされた永遠として組み込まれている。そうでなければ、一枚の平面から長く心に刻まれるような力が感じられるはずがない。

マチスに、《夕方のノートル・ダム》と題された油彩がある。一九〇二年の作で、当時画家は、パリのほぼ中央に位置するサン・ミシェル河岸十九番地のアパルトマンに住み、窓からの景色をさかんに描いていた。その建物のおなじ部屋からの眺めを私は知らないけれど、わずかに異なる番地の建物のセーヌ河に面した窓にならば内側から近づいたことがあって、そのときの印象をよみがえらせながらこの絵のなかに入っていくことはできる。夕刻、軽く身を乗り出して右手を眺めると、左下から右上にのびていく護岸の斜線とプチ・ポンの水平線の交差上に、ノートル・ダム寺院の塔が二本建っている。薔薇窓に乱反射した夕陽が淡いモーヴ色でファサード全体を塗りつぶし、人と車の動きがつくり出すリズムのなかで細部が少しずつぼやけて、輪郭線を保ちながらも大きなマッスとして迫ってくるだろう。

なんのことはない、マチスの絵そのものなのだ。画集でこの絵に触れたとき、なによりもファサードが薄い紫を基調とした色で塗り込められていることに驚愕した記憶がある。そこにはあってしかるべき薔薇窓の円がなく、小学生が夏の工作でこしらえたダンボール箱のロボットか、四角い兎の頭部と見まがう物体があるきりだったからだ。箱である以上、縦横の直線が目立ち、その垂直線は向かいの建物の壁や画面右手にはっきりそれとわかる窓枠と足並みを揃えている。青みを帯びた画面は、七二・五×五四・五センチの大きさだから、いわゆる大作とは言えないものだ。にもかかわらず、この「窓」の絵の印象は、現実の風景を見たときにも見たあとにもまったく薄れることなく、それどころか現実をより現実に近いかたちで抽象化するのに役立ってくれた。現実がより現実化したと言い換えてもいい。

画面右端の二本の垂直線のうち左側、つまり窓の外側にあるのは鎧戸だ。もう一本は、一九一〇年代に描かれた部屋の様子からすると、内開きの窓を開き切った右の木枠ではなく、鎧戸と窓のあいだの空間の壁面と考えるのが妥当だろう。ただ、画家の左手にも窓と鎧戸の半分があるとすれば、開口部の幅が広すぎる気がしなくもない。身を乗り出すというより宙に浮いているようにさえ感じられるトリミングで、この絵の力は先の色彩と線の組み合わせにあると同時に、足下の不思議な軽さにも存している。すでに向こう側へ足を踏み出しているのになぜか心だけこちらに留まっている感覚と、窓を開けただけでは得られないたぐいの開放感の融合が、この絵をいつまでも忘れられない一枚にしている。

マチスはその生涯のある時期まで、じつに多くの窓を描いている。パリ国立近代美術館蔵の、《コリウールの扉窓》と題された作品もそのひとつだ。コリウールは地中海に面した南仏の小さな漁村で、マチスは一九〇五年の夏、三十五歳の折にドランとこの町に滞在し、フォーヴにつながる激しい色彩を見出すことになる。描かれたのは一九一四年。扉窓とあえて記したとおり、原題には、porte-fenêtre の一語が掲げられている。扉でもあり窓でもある出入り口が、通常の窓とは質の異なる闇を中心に捉えられているのだが、タイトルを参照してその意味を探ろうとしなければ、単にドアが開けられていてその向こうに闇があるとしか解釈できないだろう。左手に青紫の長方形、中央に茶色がかった黒の長方形、右手には白い扉らしきものがあって、その底辺はほぼ四十五度右下にのびている。右端の黄緑に近い色を加えても、基本色はじつに少ない。細かいニュアンスを消して大雑把に整理すると、四色ほどである。

左右不均衡に配置された長方形の色のバランスがみごとで、単純化され、隅々まで計算し尽くされたこの画面から伝わってくるのは、やはり幻の海の光を一時的に覆い隠している夜の画面の奥行きである。よく目を凝らすと、バルコニーの手すりらしきものがぼんやり見えるけれど、その先になにがあるのかを考えさせ、しかも深刻にはなりすぎない光の陽性がそこには宿っている。再度言えば、そのような状態を可能にしているのが、porte-fenêtre なのだ。この絵が《コリウールの窓》に留まっていたら、深い瞑想を思わせる闇と明るい色の組み合わせにふさわしい直線のリズムは生まれなかっただろう。色彩の音楽のなかで、一歩向こうに広がるなにかを期待させる窓、それが扉窓ではないか。

窓よ、お前は期待の計量器
一つの生命がもう一つの生命へと
思い溢れてみずからを注ぐとき、
幾度となくお前は期待で満たされる。

（矢内原伊作訳）

マチスがコリウールで南仏の厳しい陽光を閉ざす鎧戸の闇と向き合っていた時代からほぼ十年後、詩人リルケは母国語ではなくフランス語で『窓』と題された連詩を刊行している。扱われているのはあくまで窓だが、冒頭には堀辰雄の訳でもよく知られたバルコンが登場している。バルコンとある以上、そこにいる永遠の女性は窓から外に踏み出しているはずで、となればこの窓は porte-fenêtre だということになる。リルケはそこで、窓を詩に取り込みながらも、扉の役目も果たすもうひとつの窓の意味を重ねているのだ。

絶えず変化する海のように、

引き離したり引き寄せたりするお前——
そのガラスの上で急に私たちの姿が
向うに見えているものの姿に混ざりあう。

ガラスの上は表面である。鏡のように向こう側を見せずに像を撥ね返すのではなく、透かし見える景色のなかに観る者自身を投影する。そのガラス窓を開け放って身を乗り出し、足を踏み出したときに、あの奥行きが生まれるのだ。右に引いたのは連詩のほんの一部にすぎないけれど、「一つの生命がもう一つの生命へと」流れる限りない正の動きを逃さないリルケの詩の裏側には、期待を裏切った場合の、または裏切られた場合の負の音圧もある。マチスの絵は、このリルケの揺れ動く「窓」を連想させずにおかないのだ——曖昧な恐怖を内包した「窓」の、深みのある表面という、ついに解決できない謎の体感を。

*リルケの引用は、『リルケ全集』第五巻(弥生書房、一九六一)に依る。

あの家の山の櫟林をミイ、キレイダナア――

余は中年笈を負ひて歐洲に繪畫を學ぶ。余はその當時佛國巴里に憧憬すると謂へども巴里既に廢都の相貌を呈するを感じ、ギリシヤ、伊太利の文化の爛熟後を想はするものあり。知人にそのことを談りしも諸氏余の言を詭辯なりとして受け入れず。

余、すなわち正宗得三郎は、二度にわたってヨーロッパに長期滞在した。便宜上西暦で記せば、一度目が一九一四年から一六年、二度目が二一年から二四年にかけてのことだが、島崎藤村との交流でも知られている初回の留学では、パリ到着後わずか二カ月目に第一次世界大戦が勃発したため、旅行もできず美術館すらもまともに訪ねることができなかった。パリで開かれていたベルネーム・ジューヌ画廊で、印象派とそれ以降の画家たちの作品に接したことが唯一の救いだったという。二度目の渡欧は、だからその無念を晴らすべく、ずいぶん早い時期から計画されていたようである。当時の得三郎は、イタリア・フランスの古典芸術だけでなく現代芸術にも深い関心を抱いていた。しかし一九四三年に到ると、「余の心の古里は十九世紀に興りし藝術と又近くは印象派に共鳴せるものにしてその以後の藝術は廢都にはびこりし芳草にひとしく味ひ甘味あれども頗る不健全なり」と言わざるをえない心境に陥っていた。

右の引用はいずれも随想集『ふる里』（人文書院、一九四三）の序から引いたものである。以前、私はこの本を都内某古書店の均一棚で手に入れた。百円だった。先日、必要があって得三郎の兄、正宗白鳥の短篇を読み返していたとき、急に弟の文章にも触れ直したくなって家中探し回ったのだがついに見つからず、しかたがないので古書目録を当たって二十倍近い値のついているものを地方から送ってもらい、しみじみと読み終えたあと平凡社版の画集を開いたりしていたら、百円の得三郎が書棚の奥からひょっこりあらわれた。ご愛敬というところだろう。そのまま消えてしまった方がよかったのか、間が悪くても見つかった方がよかったのかはわからない。しかし、物書きとしての正宗得三郎は、こうして私の読書圏域に、玄関からではなくほかならぬ「窓」から、いわば雑多なものをとりまとめる精神の均一棚から入ってきたとも言えるのである。

実際、『ふる里』には、上記の欧州滞在の思い出を綴った『画家の旅』（アルス、一九二五）などにはない、微妙に拙く微妙に古雅な味わいがあり、画家としてよりも鉄斎の研究者、あるいは作家・劇作家の長兄と国文学者の次兄の下にいた年少者の顔がよくあらわれている。なかでも私を引きつけてやまないのは、「郷里の家の二階の窓は、前に海が展開し後に山が控へてゐる。瀬戸内海入江の一端なのである」と書き起こされた断章風の小品、「五月窓の風景」だ。

瀬戸内の入江とくれば、誰しも兄白鳥の名篇「入江のほとり」を思い浮かべるだろう。おなじ土地のおなじ風景を見て育ったのだから、彼らの精神構造はどこか深いところで響き合っているはずなのだが、片上湾のきらめきは得三郎のなかでまちがいなくフランス印象派の筆致と重なっている。地中海に喩えられることもある瀬戸内海の入江は、春、快い風が渡る日でも静まりかえって波ひとつ立たない。私を得三郎に向かわせたのは、「入江のほとり」の、辰男が障子の戸を開けて窓の外を眺める場面だった。

西風の凪いだ後の入江は鏡のやうで、漁船や肥舟は眠りを促すやうな艪の音を立てた。海向ひの村へ通ふ渡船は、四五人の客を乗せてゐたが、四角な荷物を背負うた草鞋脚絆の商人が駈けて來て飛乘ると、頰被りした船頭は水棹で岸を突いて船を辷らせた。辰男は暫らく船の行方を見入つてゐたが、乘客の笑ひ話は靜かな空気を傳つて彼れの耳にも入つた。

（『正宗白鳥全集』第二巻、新潮社、一九六七）

辰男は景色ではなく、船を追う。人の影を追う。笑い声が聞こえても、自身の心はいくらか湿り、屈折したままで、海面のように穏やかではない。ところが、のちに画家となる正宗得三郎は、少年時代に飽かず眺めていたその光景を、兄とは異なるかたちで心に留めていた。「五月窓の風景」から引く。

入江の海面は五月の海風にも靜まり返つてゐる。灣口を小島が塞いでゐるので、まるで沖が見えない。湖ともいへる位で、漁る舟は點々として數へられる位である。後の山は窓に對して平均のとれる高さであるが、一つの峯はやや高く寂として仙山の面影がある。入江は、穂浪灣又扇浦の雅名がある。山の高峯なのを虎溪山と稱(なづけ)てゐる、共に私の曾祖父の風流から命名したものであつた。で窓は、海便、山便の眺望を擅(ほしいまま)にしてゐる。

少年時代私は、國の兄と共にこの裏窓から東西の寺や、山をよく眺めた。五月私はこれまで氣づかなかつた櫟の若葉をひどく美しく覺えた。私はその時感情を押えられなかつたとみえて、兄に、

あの家(うち)の山の櫟林をミイ、キレイダナア——

と、訴へた。

すると兄が、

櫟の若葉吹きかへりと……昔から歌に詠つてゐるのヂ——ヤ風に吹き返された趣が一層よい。

と得意になつて説明した。

得三郎は一八八三年生まれ。長兄とは四つ、次兄とは二つちがいである。ここに記されている「國の兄」とは、生涯を通じてほとんど岡山から外に出なかった敦夫を指しているだろう。『ふる里』執筆時、得三郎は東京中野区にアトリエを構えていた。お国ではなく東京の兄ならば、当然白鳥を意味したからである。正宗家の二階の、表と裏の窓からはそれぞれ海と山が見えていた。「後の山は窓に對して平均のとれる高さ」とあるとおり、ここで彼の視野を好意的に画しているのは窓枠である。遮るもののない、どこまでも広がる景色ではなく、窓のなかで照り返る若葉という設定が重要なのだ。枠のなかに色が閉じ込められる。閉じ込められた色は、しかしその枠をはみ出て画家の想像力をかき立てる。

小山をうづめた、櫟の若葉は若い五月の光に赤味勝ちの、黄緑色の光を放つ、點苔の筆觸の小さき群は美少年の顏のやうに照り返つてゐる。瀏頭から吹き送つた微風は少年の頭髮でも撫でるがやうに、ゆらゆらと渡り歩く。櫟林の小山まで拓いた麥畝は不調和にまで青々と、林を包んでゐる。

かなり文学的に力を入れて書かれた一節だ。ここを読んだだけでは、描かれているのが窓から見えた風景であることはわからない。五月になると麦こなしの歌が家まで聞こえてきて、彼はやはり兄とふたりでその様子を眺めていたという。表題に窓の一語が含まれているのだから当然だが、得三郎はこの枠を介してさまざまな思い出をつなげ、少年時代の瀬戸内海から一挙に「ふる里」を抜け出すと、最初の欧州航路で知った船窓へ、そして二度目の滞仏で静養のために投宿した、地中海沿岸カーニュのホテルへと心の羽を広げていく。瀬戸内海と地中海が、ありきたりな比喩を超えて、これほど滑らかに接続された例があるだろうか？

着いた日のカアニユのホテル・コロニイの窓から眺むる向ひの丘は、まだ冬枯れてゐた。朽葉が僅か見えてゐたのだ。白い幹のプラタンは黄色く南方佛蘭西の光に浮んでゐた。四ケ月滞在してゐるうちにその森の木々は花咲き、花散り新緑となつた。伊太利國境に聳ゆるアルプスの銀嶺が薄らいで、室内は少々暖くなつて鎧戸を閉ぢて日向を遮る日もあつた。寫生から歸ると上服も脫ぎ、蒸さるる靴下も取つて手足を冷水で洗ひほつとして、窓外を眺むる事もあつた。が窓は丁度一つの額縁（カアドル）となつて纏つた圖面を呈して呉れるものだ。

日本家屋の窓は引き戸である。雨戸は戸袋に収まるけれど、引き戸は長方形の半分を開けて半分を埋める。枠はつねに矩形だ。一方フランスの窓は手前に両開きで引くのがふつうで、カーテンがある場合はそれを片側に寄せる。だから端には布が下がっていて、完全な四角にはならない。そういうちがいはあるにしても、少年時代の正宗得三郎の眼は異郷でもほとんど無傷で保たれ、冬の日の窓枠においてもその力を存分に発揮している。静物を描くときのような近景ではなく、本来は遠景であるはずの風景を窓の額で切り取ってもっと手前に引き寄せる、そういう眼の動きが文章にも刻まれている。

『画家の旅』には、パリ郊外サン・クルー、ノルマンディーのエトルタ、ブルターニュのドアルヌネ、南仏カーニュ、それからイタリアのナポリ、ソレント、アシジなどの風景画が口絵として収められている。画家がどこに立ち、どのような視点で描いたのか、正確なことはわからない。

しかし、得三郎の少年時代の回想を経てこれらの絵を見直すと、どうしても生家の窓の磁力が働いているように思えてならないのだ。備前の入江と山のあいだに浮かぶ家の窓に養われた眼が、生き生きと動いているのである。それに引き替え白鳥の描写には、得三郎が子ども時代を振り返った一節のような、ぼんやりとしているのになぜか明るいという心の弾みがない。海面がそのまま鏡になって、揺れることのない心、揺れを見せない心を淡々と描き出している。それがいくらか不気味ですらある。

おなじ障子窓からおなじ光景を眺めて、なぜ再現されるものが異なるのか。白鳥の屈折は、「入江のほとり」の前後に書かれた短篇群を読めば茫漠とながら感じ取ることができるのだが、弟の視野とのあいだにずれが生じるのは、おそらく窓が、向こう側にある景色ではなくそれを見るこちら側のなにかを切り取って提示するからだろう。要するにそれは、写生の原理と変わらないのである。

一九四三年、時局がら、『ふる里』の末尾には「防空壕」なる一篇が収められた。首都を守り、戦争に勝ち抜くために必要なこととして、画家は防空壕を掘れと訴える。皮肉なことに、敗戦の年の空襲で彼のアトリエは灰燼に帰し、作品の多くが失われた。防空壕こそは、精神の窓を閉ざす唯一の場所だったのである。

ステンレス製レバーの取っ手の反応が悪くないのでこれなら大丈夫だろうと安心して手前に引いてみたら、蝶番が硬くなっているのか乾燥しすぎて木が反ってしまったのか、窓枠がみしみしと異様な音を立て、白い雪片に似たものが、髪に、手の甲に、肩にぱらぱら降りそそいだ。なんだろう？　掌でそっとはたき落とし、またなにか落ちてきて目に入ったりしないよう気を付けながら顔をあげて調べてみたのだが、窓枠じたいに異常はなさそうである。一九七〇年代以後の建物に顕著な密閉度の高い長方形の窓枠は、艶のあるラッカー風のペンキがむらなく塗られていてどこにも落剝はなかったし、窓の上の空間には安っぽいオレンジの壁紙が貼られていて、そちらにも破れや剝がれは見られない。厚手のカーテンは私が部屋に入ったときからもう左側に寄せられており、目隠し用の白いレースのカーテンは天の部分に短い真鍮のバーを通してL字フックに引っ掛けるカフェもどきのやり方で吊るされていた。これでは風を孕まず、のぼりが揺れるような動きしか見せてくれないから、落剝以前に私はもう気落ちしていたのかもしれない。

パリ第五区の小丘に聳える偉人たちの正殿の、立派な丸屋根を照らし出す照明が、輪郭の曖昧な橙色の暈になって夜の闇に浮かんでいる。時差でぼんやりした頭は、その段階でもまだ、視野に異常をもたらしているごく単純なからくりに気づいていなかった。老眼に襲われてもうずいぶんになるけれど、はっきりその症状を自覚して専用の眼鏡をつくった頃から私の視界は微妙に狂うばかりである。熱心に薦められた遠近両用レンズの、いわば調整された歪みの緩衝地帯にどうしても慣れようとしない眼球の訴えを聞き入れ、手もとの文字を読むのに最適な度のレンズを入れた眼鏡をべつに用意したところまではたしかによかった。ずっと悩まされてきた頭痛、目まい、肩こりがわずかながら軽減され、体調さえよければ長時間の読書も可能になってきたからだ。

しかし、当初恐れていたとおり、あたらしい眼鏡での読み書きの快適さに慣れてしまうと、もとに戻るのがだんだん面倒になってくる。劇場で映画を観たり、美術館で絵を観たりするとき以外はほとんどリーディング・グラスがもたらす世界に頼りきりで、ほんの数メートル先の物体に焦点を合わせる気力さえ徐々に萎え、風景全般がぼやけて、ある部分から先の事象はもはや想像力で補うほかなくなった。窓からの景色も、当然変化する。精神的な変容を生み出す装置として窓を意識しなくても、眼鏡さえかければ隅々までピントを合わせることのできた外界が最初から想像界のものとなり、「窓の、窓としての機能」を無にしかねない。そんなわけで、頭上に降ってきたものに気を取られたあと窓の外に視線を移した瞬間の世界のぼやけ加減は、まずは老眼のせいであり、長旅の疲れのせいであり、機内灯の下の読書疲れであると考えたのもごく自然なことで、まさか窓の外側に幕が掛かっているなんて思いもしなかった。

残念ながら、それはまぎれもない現実だった。手ではたいても落ちなかった白い汚れを、水で濡らしたハンカチで丁寧にぬぐい取ったあと、あらためて窓を開け、外を眺めた。あいかわらず視界には靄がかかっていた。ただ、数年ぶりに嗅ぐ春先のパリの、少し肌寒いくらいの乾いた夜気に、なにか異質な臭いが混じっていることにも私は遅まきながら気づいたのである。

それは練りものの臭いだった。漆喰、プラスター、石灰、バリウム、もうひとつ加えるなら、かつて水疱瘡にかかったとき全身に塗られた、あの粘りのある白い薬の複雑な混合体。身を乗り出してみると、部屋の明かりに照らされた手すりが真っ白に汚れていて、最初の立ち位置からは死角になっていた窓の下六〇センチほどのところになんと足場が組まれ、作業用の板が渡されているではないか。それは上下左右にのびていて、薄明かりのもとでは正確な色までは確認できなかったけれど、右下にある板に真っ黒な攪拌用のバケツが置かれ、そのわきにファサード修復や壁の塗り替えで知られるメーカーのロゴが記された、ひとまわり小さな黄色いバケツがふたつ並んでいる。足場の縦横のラインがつくりだす矩形の枠のひと枡が私の部屋の窓をすっぽり収める位置にあったため、正面に立つと障害物が消える格好になっていたのだ。おかげで、再塗装作業用の保護ネットで建物全体が覆われていることにも気づかなかったというわけである。歴史的建造物を浮かびあがらせる光の輪は、遮光率が相当に低いらしい優秀なネットを透かして室内に届いていた。焦点の合わせにくくなっている私の眼は、それを実景だと勘ちがいしていたのだった。

翌朝、確認できた窓からの眺めは、じつに惨憺たるものだった。朝八時過ぎからバケツを持った職人が大きな声で話をしながら足場の上を闊歩しているのだ。レース地のカーテンだけでは物音と人影が気になってなにもできない。朝食はカーヴを改装した窓のない食堂で済ませ、小窓のある旧式の昇降機で垂直移動したのち、ふたたび真っ暗な部屋に戻る。清掃のため外へ追い出されるまで、私はずっと、窓を奪われた状態で過ごしていた。つまりそれは、壁と同義だったのである。

窓を開ければそこに見えるだろうと予想された景色がなかったという体験は、それがはじめてではなかった。日本のホテルのように嵌め殺しになっているものは論外だが、真鍮の取っ手もあるふつうの窓が押しても引いても開かなかったり、窓は開いても鎧戸が飾りでその向こうが煉瓦の壁だったり、山の中腹にあって海が一望できるという触れこみのホテルが目の前にできたもっと大きなホテルの陰に隠れていたり、正直な話、旅をすればかならず、宿の窓は窓として私を受け入れるのを拒んでいるように感じられるのだった。かつて触れた気になっていた窓の秘密を解く鍵が、そのたびに消えていく。部屋が悪いのではなく、どこへ行ってもそういう部屋にしてしまう根暗なところがおまえにあるからではないかと、自分で自分に訊いてみたくなるほどの確率なのだ。本の焼けるのがいやで日当たりの悪いところばかり移り住んできたつけがまわってきたのだろうか。排気ガスやどぶ川の臭いにも悩まされつづけてきたのだが、そういうところでは必然的に窓を閉じざるをえないから、鬱屈の度も異臭の溜まりも激しくなる。

「君の部屋は佛蘭西の蝸牛(エスカルゴ)の匂ひがするね」

喬のところへやつて來たある友人はそんなことを云つた。またある一人は、「君は何處に住んでも直ぐその部屋を陰鬱にして仕舞ふんだな」と云つた。

梶井基次郎「ある心の風景」に出てくる一節だ。彼は誰のものでもない自分だけの心象風景を、汎用の護符のように持ち運ぶ。「檸檬」でおなじみの、どこへ行っても追いかけてくる「えたいの知れない不吉な塊」を取り払うことができれば救われるのかもしれないのだが、その闇を放り出してしまえば自身の存在が危うくなることも彼にはわかっている。だから、どこへ移り住んでも部屋を陰鬱にするという見方は不正確で、実際には最初からそこに染み込んでいる陰鬱さに彼が感応するだけのことなのだ。

それにしても、仏蘭西へ行ったこともないはずの友人の台詞はずいぶんなまぐさい。主人公は女性から「悪い病気」を得ていて、それが気になって眠れないらしいのである。部屋には特別な体臭がこもっているのかもしれない。ともあれ、彼はつねに窓から世界を見ている。道を歩いていても、あたらしい景色を現前させるための、心の窓枠を持っているのだ。

彼の視野のなかで消散したり凝聚したりしてゐた風景は、或る瞬間それが実に親しい風景だつたかのやうに、また或る瞬間は全く未知の風景のやうに見えはじめる。そして或る瞬間が過ぎた。——喬にはもう、どこまでが彼の想念であり、どこからが深夜の町であるのか、わからなかつた。闇のなかの夾竹桃はそのまま彼の憂鬱であつた。物陰の電燈に寫し出されてゐる土塀、闇と一つになつてゐるその陰影。觀念も亦其處で立體的な形をとつてゐた。

喬は彼の心の風景を其處に指呼することが出來る、と思つた。

喬の眼には、窓が現実の窓に堕してしまうのを強引に引き留める力がある。初読の当時、理解不能なまま身体に染み込ませたのは、「視ること、それはもうなにかなのだ。自分の魂の一部分或は全部がそれに乗り移ることなのだ」という一節だった。その後、喬の想いをひとつの教えとして、対象に自分のすべてを投企するための努力をしてこなかったわけではない。機会があれば進んで試みてきた。しかし私が泊まったホテルの窓はみごとにこちらの想念を弾き返し、弾き返された弱い眼差しはもうどこにも憂鬱を投影する力を持たなかった。ある意味で、粉塵と落下防止の保護ネットこそが、脆弱な眼差しを受け止めるに最適な、不吉な窓ガラスだったと言えるのかもしれない。

＊引用は、『梶井基次郎全集』（第一巻、筑摩書房、一九五九）に依る。

青い闇のある風景

　実家を建て替えたとき、小さなガレージを造った。正確には車入れと呼ぶべき代物で、いちおう家の内部とつながっているため、道路に面するシャッターを除いた三方は壁になっており、隣家と接している一面に設けられた天窓から光を採り込んだり空気を入れ換えたりしていたのだが、窓といっても木枠の引き戸だから、小魚の尻尾のかたちをした平たい鍵のつまみを回すのが楽しくて、用もないのによく開け閉めしていたものだ。

　その窓のある壁際に、やがてさまざまな物が積まれていつしか山をなし、開け閉めどころか窓に近づくことさえ難しくなっていった。当然、車を収める余裕はない。車入れは、黴臭い物入れに変貌してしまったのである。しかし子どもにはそれがかえってよい方向に働いた。運び込まれた工具や板切れを使えば、たちどころに秘密基地を組み立てることができたからだ。

日野啓三の短篇集『天窓のあるガレージ』を手にしたとき、そのようなわけで私はすぐさま表題作の主人公である少年の内面に同化することができた。少年の家のガレージは、一度空になっている。収まるべき自動車が事故で大破し、修理もされなければ買い替えられることもなかったためだ。車の影が消えたあとのがらんとした箱のなかで、やがて彼は壁にボールをぶつけて孤独なキャッチボールに興じたり、自転車の練習をしたりするようになる。

ところが、小学校の高学年から中学二年までのあいだ、彼はほとんどガレージに近寄らなかった。事の成り行きとして、不要な物たちがどんどん積みあげられていった。ふたたびガレージに入ると、母親が使っていた旧式のラジオカセットで「ニューウェーブのロック」を流しながら、コンクリートの冷たい床の上で腕立て伏せに励み、がらくたを整理し、押し込められていたスチールの机や書棚を救い出して自分だけのコーナーを立ちあげた。

面白いことに、当初彼はガレージに注いでいる光の源に気づいていなかった。ガレージで遊ぶときには、雨の日でないかぎり、たいていシャッターを上げるか半開きにするかして光を採り込む。だから十分に明るいのだ。五十の断章で構成された「天窓のあるガレージ」の冒頭二章は、以下のようになっている。

1

ガレージには天窓があった。

2

少年は長い間、それに気づかなかった。

天窓なんてどうでもいいと思っていたわけではない。ボールをきちんと跳ね返してくれる壁の方が大切だったのだ。日野啓三は、少年の心の動きをわずか二行でみごとに表現している。

それにしても、子どもの頃に覚えた言葉の意味、というより言葉そのものをめぐる触感的な記憶はなかなか抜けないもので、私はずっと、天窓という言葉を通常よりも高い位置にある窓の意と解釈していた。外を眺めるためのものではないからどんなに小ぶりでもかまわないし、磨りガラスを嵌めて向こうが見えなくても、脚立や梯子を使わなければ手が届かないほどの高さにあっても、機能的にはなんら問題はない。

実際、これまで通ってきた教育施設の体育館などには、かならず天窓があった。仮設の舞台を組んだり映画を上映したりする複合施設だから、天井近くの壁際にずらりと並んだすべての開口部に、暗幕というか黒い遮光カーテンを引いて明るさを調整できる仕掛けになっていた。中学、高校を通して私は卓球をやっていたのだが、白いボールが見えにくくなるのを防ぐため、よく晴れた日になるとこの重いカーテンを引いて館内を真っ暗にしてから水銀灯で明かりを採るという、カラーボールの使用が認められるようになった現在からすると信じられないような環境で練習に精出していた。少なくとも六年間は、天窓は光を採るのではなく遮断するためのものだったのである。ただし、ここでの天窓とはあくまで壁面上部にある窓、すなわち高窓と同義で、両者のあいだに厳密な区別はなく、みな「天窓に暗幕を引く」という言い方をしていた。

そんなわけで、日野啓三の小説の冒頭に魅せられ、先を読み進めているあいだも、私は途中まで、天窓とは高窓のことだとばかり思っていたのである——、第十八章で、次の一節に出会うまでは。

ある夜、天窓が妙に明るいことに、少年は気づいた。

いつも天窓は昼間ぼんやりと薄明るく、夜は茫々と暗いだけなのに、澄んだ水中を覗きこむように冴え冴えと青く、しかしその青色が燐光を含んだように冷たく光って見えたのだ。

真下に立って、改めて天窓を見上げた。

コンクリートの分厚い天井に円筒状の穴があいていて、先端に直径約三十センチの丸いガラスがはめてある。その円筒の途中に、蜘蛛の巣が見えた。きれいに張りめぐらされた巣の糸が、ガラスの彼方からの不思議な光を受けて、銀色にきらめいていた。

仰向けにならなければよく見えない、夜空に垂直に向けられた望遠鏡。いや、船から水中を覗き込むガラス窓をさかさまにする要領だろうか。翌日、おなじように見あげると、そこには蜘蛛の巣も蜘蛛の姿もなかった。逃げ場などないと思われた空間から、虫はやすやすと出て行くのである。

少年の内面は、さほど深く描き出されてはいない。しかし、父親と波長が合わず、学校生活になんら意義を感じていない鬱屈した気持ちは、幻のような蜘蛛の逗留と逃走に重ねられているようにも読める。母親からの借り物だったラジカセを、貯めた小遣いで買った最新型と入れ替えて、彼はガレージにこもった。コンクリート、スチール、シンセサイザー。パーソナルコンピュータが市販される直前の、いまとなっては懐かしさすら感じられる最先端の舞台装置に、彼は流し台やお手洗いを加えてほしいと、こんなときだけ父親に訴える。ぬくもりのある事物を排除してできあがった無機物のガレージにライフラインさえあれば、想像のなかでこの世のしがらみを断ち切り、そのままシェルターもしくは宇宙船を幻出させることができるのだ。開閉不可能な丸い窓は四十数億の孤独を抱えた青い球体を見つめるための装置に、蜘蛛の巣は電波をキャッチするしなやかなアンテナになる。

宇宙船の船室にとじこもってひとり飛び続けているのだ、と少年はガレージの中で考える。ひとりでも別に退屈ではない。

故郷の星の記憶はない。もしかすると、故郷の星を飛び立ったのは、実はもう何代も何十代も前の祖先のときで、自分は宇宙船の中で生まれたにちがいない。
（第二十七章）

内面の宇宙に彼は飛び立つ。もっとも、シャッターを上げた宇宙船には、ときどき見知らぬ若者や子どもや老人たちが悪意なく侵入してくるし、少年自身、船外活動としてみずから屋根にのぼり、外から天窓の拭き掃除をしたりする。家は道路に面したガレージの脇から石段を上がったところにあるため、ガレージの屋根が母屋の一階の床とおなじ高さになっていて、地上と地下が混在する構造になっているのだが、内から外を仰ぎ見ることはできても外から内を恒常的に見下ろすことのできないガラスを磨くのは、彼があくまで精神的な窓としてその円筒と向かい合っていることの証左だろう。出入りにまったく関係のないその窓を透かして、少年は自身の姿を幻視し、床に崩れ落ちるほどの陶酔を感じる。自分の身体に聖霊が入り込む。そう彼は確信し、床に仰向けになって天井を見あげる。

視野の中央に、明るい円が浮き出して輝いていた。冷たいほど白々と冴えながら、ねっとりと甘美な濃い黄色である。晴れ晴れと澄んだ気持と、温く抱きかかえられるようなやさしい思いとが溶け合って、体じゅうをみたし始める。

（第四十五章）

視線を上に向けるだけでは不十分だ。視線が仰角どころか直角に、垂直にのび、しかも身体が想像のうちで浮遊しているような、冷静かつとろけた状態を保ちながら見あげること。そのためには、ぬるい湯を張った浴槽ではなく、ひんやりした手術台のような場所に横になるのがいい。天の中央にある窓。あちらとこちらの交信を媒介するという意味では、サン・ピエトロ寺院のドームの頂点のような、ガラスもなにも入っていない穴に近い、野放図にして高貴な精神性を継承したものだとも考えられる。だから、少年は天窓の彼方に「透明な青い闇」を見出すのだ。ガレージの外の宇宙は、漆黒ではなくて青い闇である。沈黙の支配するコンクリートとスチールの宇宙船から蘇生したとき、彼はある意味で生まれ変わり、窓の外を眺める術を習得して、「かつて意識したことのない力を、深く身内に感じながら」、一九八〇年代に飛び出していく。「私」語りの形式から離れつつ、物質や空間との感性的な同一化を果たして、彼は、夢の島、エアーズ・ロック、カッパドキアといった、新旧の驚くべきガレージに聖霊を見出すことになるだろう。さらに、一九九五年に刊行された長篇『光』(文藝春秋)に到ると、空想のなかの宇宙飛行士の陶酔は、月面から戻った現実の宇宙飛行士の苦悩と再生の劇に姿を変えているだろう。

天窓が矩形ではなく船窓のように円形で、しかも天の中心の手の届かない高さに位置し、その光が読書を通して私たちの身体に注がれるとき、世界の風景は一変する。言葉の宇宙の青い闇は、私たちを深々と吸い込んで、容易に逃してはくれない。

＊引用は、一九八七年刊の福武文庫版に依る。

世界の生成に立ち会う窓

レオン・ウェルトに興味がおありでしたら、息子さんに手紙を書いたらいかがですか。言いながらウッディ・アレンにそっくりなその英国人仏文学者は手帖を取り出し、これを控えておきなさい、とWの項目を指さした。シンポジウムを終え、参加者数人との夕食会に参加していたときのことである。多少の胡散臭さを感じつつ覗き込んでみると、たしかにウェルトという人物の名と南仏サン・タムールの住所が記されていた。これが本当の話だとしたら、息子さんはまだ、ウェルトが第二次世界大戦中にパリを逃れて古いブガッティに乗り、三十三日かけてたどり着いたあの土地にずっと住んでいるのだろうか？

そのとおり、と彼は巨大な洋梨形の鼻に引っ掛かった黒縁眼鏡を人差し指で押しあげ、薄い髪をぐしゃぐしゃ掻きまわして、英語訛りの仏語でつづけた。わたしもフィリップのことで世話になったのですが、彼のところに問い合わせがあるのはサン＝テックスがらみの話ばかりだから、とても喜んでくれましてね、あなたのように、御尊父の美術批評に関心があるなんて言ったら、かならず力になってくれるはずですよ。

――少年だった頃の、レオン・ウェルトに。

世界で最も読まれている本のひとつ、『星の王子さま』の冒頭に付されたこの献辞によって、ウェルトもまた世界で最も知られている人物のひとりになったと言いたいところだが、実際には彼がどのような人物であったか、つまりサン＝テグジュペリと知り合う一九三一年以前のレオン・ウェルトがなにをしていたのか、一般にはあまり知られていないのではなかろうか。

レオン・ウェルトは、一八七八年、フランス北東部のヴォージュ県ルミルモンで毛織物商を営む裕福なユダヤ人家庭に生まれた。母親は旧姓をローと言い、実弟はドレフュス事件の際、冤罪を主張して闘った哲学者のフレデリック・ローである。その影響もあってか、彼女は、子どもたちが商人にならず学問で身を立てることを願っていたという。レオンが六歳のとき一家はリヨンに移り住むのだが、その直後に父親が急逝、ウェルトは三人兄妹の長男として勉学に励み、母親の期待どおりすばらしい成績をおさめて、パリの名門アンリ四世高校の高等師範学校受験クラスに進んだ。ところが、ここでの勉強が気に入らず、あっさり学問に見切りをつけ、いくつもの小さな仕事で食いつないだのち、作家オクターヴ・ミルボーの紹介もあってジャーナリズムの道に飛び込んでいく（ジル・ユレ『反抗する者レオン・ウェルト』ヴィヴィアヌ・アミィ、二〇〇六）。

先に英国人仏文学者が口にしたフィリップとは、シャルル＝ルイ・フィリップのことで、三十五歳で夭折したこの作家とウェルトは一九〇〇年に知り合い、親しく交わっていた。私はたまたまそのフィリップの仲間のヴァレリー・ラルボーという作家を愛読していて、書簡集のなかで何度か出会っていた美術批評家ウェルトとサン＝テックス、すなわちサン＝テグジュペリに二度作品を捧げられたあのウェルトが同一人物だと知ったときには、素直に感動したものである。やがてみずからも寄稿家となった雑誌「ラ・ファランジュ」でのウェルトの美術批評を読んだラルボーは、その才筆に驚倒することになる。

セザンヌからマルケに至るまで、現代画家たちの仕事の本質を、美術界のしがらみから離れた、ときに容赦ない言葉でウェルトは直截に語った。すでに巨匠と見なされている人々ではなく、これからそうなっていくだろう絵描きたちの仕事を大胆に評価してみせるウェルトの記事は、一般読者というより詩人や画家たちの注目を集めた。時流におもねらず、専門家の解説を鵜呑みにしないで好きな絵と一対一で向き合うこと。これがウェルトの信条だった。ラルボーはウェルトへの私信で、彼の美術評が万人に開かれているばかりでなく批評としての技と文学的な滋味を兼ね備えており、その文章を読むと、知識がなくても自分自身の眼で絵を見ようと思いたくなる、これらを雑誌に埋もれさせておくのはあまりにもったいない、一冊にまとめるべきだ、と絶賛していた(一九一〇年九月六日付)。

その夢は一九二三年、『幾人かの画家たち』として実現されることになる。ただし、それ以前にも、絵画については『ピュヴィス・ド・シャヴァンヌ』(一九〇九)、『ヴラマンク』(一九二一)の二冊の批評集があるほか、小説には自伝的な『白い家』(一九一三)、第一次世界大戦に従軍して辛酸を嘗め、徹底的な反戦主義者となって書きあげた『兵士クラヴェル』（一九一九）があり、他にも雑誌記事を集めた『パイプとの旅』（一九二〇）など、かなりの仕事をこなしていた。ことに『パイプとの旅』には、のちのサン＝テグジュペリが飛行機に乗ったときのルポルタージュが収められていて、これはのち〇八年の段階で

しかし、ウェルトの名を高からしめたのは、一九二三年にG・クレ&カンパニー社から刊行された『ボナール』である。私もまた、この『ボナール』のおかげでなぜサン＝テグジュペリがウェルトをあそこまで高く評価していたのか、ようやく納得できた。「ボナールは、ぶらつく術を心得ている。つまり、人生を信じる術を。容易ならざる信仰だ。なにか感じるたびに、更新されなければならないからだ」（以下、引用は拙訳）。ボナールには少しももったいぶったところがない。いささか親しみの度がすぎるとはいえ、「絵に手を入れながら、親指でそっと、わずかな青をそこに広げるのを見て以来」、ますます彼のことが好きになったとウェルトは書いている。絵画とは眼のスポーツであり、思想などどうでもいい。絵画は知性で描くものではなく、分析不可能な内なる活力によって描かれるものだ。それは天賦の才などとはまったくべつの、静穏さによっても表現されうるなにかである。ボナールの芸術はいっさいの計算

の外にある、とヴェルトの賛辞は止まらない。事物のあらわれを見つめ、事物に付き従う。それらの呼びかけに耳を澄ます。純真さとは子どもの感覚の模倣ではなく、むしろ感情や感覚の勇気を持つことであって、ボナールにはその勇気があるのだ……。

ボナールは世界を描いているのか？　私はむしろ、彼は世界の誕生に、事物や人物たちの、唐突で奇跡的な誕生に立ち会っているのだと思う。彼の前では、「世界」は新生児なのだ。彼の前で、世界は少しずつ、継続的に浮かびあがる。

あたらしい世界が立ちあがるのをじっと見つめ、しかしそこにいかなる解釈もほどこさず、生成の瞬間と過程をいっしょにしてしまうほどの時間をかけて制作すること。ヴェルトの指摘は、ボナールが好んで描く「窓」をいやおうなく思い出させた。なぜなら、ボナールの窓こそ、私を最も心地よく戸惑わせる窓だったからである。窓から降りそそぐ光の波に飲まれているような《逆光の裸婦》（一九〇八）、戸外から室内に向かって絞り出した赤の映える《田舎の食堂》（一九一三）、構図を色が凌ぎ、かつつぶさずにいる《ヴェルノンの室内》（一九二〇頃）、室内から外を見ているのにまだその「外」が完全に生まれておらず、ひたすら風景の生成のなかを眼が泳いでいるような南仏ル・カンネの《窓》（一九二五）。ボナールの光には時間の堆積がある。流れるはずの時間が、塵のように、雪片のように降り積もって染み込み、溶け入って、茫漠とした光の総体を示す。光は光として抽象的に輝くのではなしに、絵筆を握って暮らしている人の内側から外側へ向かいながら粒子になる。時間が蓮池に溜まり、それが粉々に砕ける寸前で持ちこたえているモネの世界ともちがう。体内、室内、窓、それから室外へと進む生活の力線がボナールにはあって、光の粒のひとつひとつに、単なるカメラのレンズではない微細な「私」が散っているのだ。

ボナールの窓がウェルトの言葉を介して、サン＝テグジュペリが発見した空からの視線につながっていく。鳥瞰によって世界はサン＝テグジュペリの前につねに新生児としてあらわれ、大人になった彼に、少年の感性を真似することなく、しかも少年であるようにとの試練を与える。第二次世界大戦時、年齢制限によって偵察飛行機のパイロットの座を奪われたサン＝テグジュペリは、交渉を重ねてなんとか空への切符を認めさせたが、本当に望んでいたのは名誉や勲章ではなかった。彼はただ、なんの偏見もなしに生成する世界を見届けられる唯一の場としての空に戻りたかったのだ。ボナールの「眼」は、空から地表をマッピングする前の、「眼」だけになった飛行士の器官とどこか似ている。

一九四〇年十月、サン＝テグジュペリは配属されていたマルヌ県のオルコントから南仏サン・タムールのウェルトを訪ねて二日間を過ごし、『城砦』の草稿の一部を読み聞かせている。しかし、アメリカに渡ったあとは、二度とウェルトに会うことはなかった。一方、ウェルトは四四年一月、単身パリに戻り、抗戦の代わりに日記を書きつづけた。そして、連合軍によるパリ解放まであと二週間と迫った八月九日、ラジオで稀有な友の遭難事故を知ったのである。

一九四三年、欧州戦線への帰還に先立って、サン＝テグジュペリはフランスで闘っているウェルトへの思いを『戦う操縦士』のなかで、また『星の王子さま』の献辞で示した。彼にとって、ウェルトは危険な夜間飛行の目印になる人家の明かりであり、武器を積まない偵察飛行機で戦地を飛ぶとき見えない空路を引いてくれるトーチライトの光であり、下界を見下ろすための「窓」でもあったのである。

私は結局、サン・タムールにいるというウェルトの息子クロード氏には連絡しなかった。手紙を書くとしたら、それは息子にではなく、少年だった頃のレオン・ウェルトにでなければならないと思ったからだ。鉛筆で住所を控えた手帖は、だから、二十年経ったいまも手元にある。

闇だけが広がっていた

　飯島正の『ぼくの明治・大正・昭和』（青蛙房、一九九一）は、戦前から戦争直後にかけての翻訳文学をめぐって、興味深い逸話を次々に披露してくれる貴重な自叙伝だ。京都の三高で梶井基次郎と同級だった飯島は、その後東京帝大仏文科に進学した。渡辺一夫と親しくしながらも、どこか官学系の権威に背を向けるところがあって、評価の定まっていないものに手を出しては翻訳紹介に力を注ぎ、海外の映画や文学の動向にも明るかった。その飯島の関心を引いた書き手のひとりに、一九三〇年代、大成功を収めていたメグレ警部シリーズを中断し、本格的な小説へと舵を切ろうとしていたジョルジュ・シムノンがいた。

このシムノン Simenon という名の表記の発音については一時大分まよった。それというのは、これは Si, maisnon（ママ）をもじったのか、とおもったからである。それならシメノンだ。しかしもじりでなければ、シムノンである。ところが、ジャリ（ママ）アン・デュヴィヴィエが、シムノン原作の『パニック』（一九四六）を映画化したとき、そのクレディットをみたら Siménon とわざわざ書いてあった。それならシメノンだ。これで決着がついたとおもったら、彼に会った人なんかの説で、表記はシムノンに定着した。映画のクレディットを書いた人が、勝手にシメノンにしたらしい。フランス人でもこんなことがあるのだ。

シメノンかシムノンか。松村喜雄は『怪盗対名探偵　フランス・ミステリーの歴史』（晶文社、一九八五）のなかで、シムノンは自身の口からシメノンではないと述べたことがあるとし、つづけてこう書いている。「デュヴィヴィエの『パニック』（「イール氏の婚約」の映画化）の字幕には、アクサンがついて、シメノンとなっている。或る時期、シメノンと発音されていたのである。（最初の「男の首」の翻訳で、永戸俊雄氏はシメノンとしている）けれど、筆者が出会ったフランス人やベルギー人は、ひとり残らずシムノンと発音した」。

まるでふたりともおなじ試写室にいたような記述ではないか。飯島は一九〇二年、松村は一八年の生まれで年は離れているけれど、こうした現場での同期性に触れると、シムノン云々よりも、むしろ戦後、フランス映画の輸入が再開されたばかりの頃に映画好きたちが共有していた熱気の方に興味をそそられる。好きな作家の名をどう発音するか、純粋な好奇心と紹介者としての自負が、銀幕に対する彼らの視線を強くしていたのだろう。飯島正は『フランス映画』(三笠書房、一九五〇)初版の巻末でデュヴィヴィエの新作として『パニック』をちらりと紹介し、原作者をシメノンと記したものの、同年のうちに重ねた版ではシムノンと修正している。表記問題には早々に決着がついたようである。これもすでに半世紀以上前の議論であり、Simenonをシメノンと発音する者は、いまや皆無と言って差し支えないだろう。

ところが二〇〇八年のこと、ある雑誌の企画で、一九二四年生まれの作家ミシェル・トゥルニエを訪ねて話を聞く機会があり、別れ際に私はこう言われたのである。「今晩、テレビでシメノンの特集があるんだよ。シメノンはいい作家だ。きみも時間があったら、是非観ておきなさい」。そのような番組をトゥルニエがチェックしていることにではなく、シメノンという発音に私の耳はぴんと立ちあがった。ほんの数秒のあいだに二度繰り返されたシメノンという音。松村氏が「ひとり残らず」と記したその全体の数がどのくらいなのかはわからないけれど、二十一世紀にもなって、それもかつてテレビ界に身を置いたことがあり、映像にも詳しく、哲学や文学に幅広い知識を有する人物の口から、シメノンという音が発せられるなんて！　私は右に記した名前の読みをめぐる議論を思い返しつつ、いまシメノンとおっしゃいましたが、彼の名は実際のところ、どう発音するのでしょう、通常はシムノンではないでしょうか、と尋ねてみた。「どう読むのか、私は知らんよ」とトゥルニエの答えはにべもなかった。「しかし、シメノンはよい作家だ。メグレのシメノンじゃない。ふつうの小説のシメノンのことだがね」。

情けないことに、その晩は大作家お勧めの番組をきれいに忘れたふりをして、宿の共用テレビで大切なサッカーの試合を観戦しなければならず、この裏切りにも似た行為をあとで猛省することになったのだが、テレビの話はともかく、生きているはずがないと思われた古生代の深海魚でも発見した気分になって、翌朝からしばらくは、東雲(しののめ)のような和の香りが漂うシメノンの音がずっと頭のなかで響いていた。繰り返すが、

Simenon はまちがいなくシムノンであり、かつての邦訳にシメノンとあったとしても、それは輸入の初期段階を反映しているだけの逸話として片付けられている。そうではあれ、質の悪い、おそらくは雨がたくさん降っている銀幕の上で、先達はよくもクレジットのアクサンの有無に反応したものだと感心する一方、本当にその記号があるのかどうか自分の眼で確かめてみたいと、私は逆のベクトルを夢見るようになった。しかし、不注意に不注意を重ね、忘却に忘却を重ねている人間に、そんな機会が都合よく訪れるはずもない。十年前、京橋フィルムセンターでの上映を見逃してこのかた、思い出すたびにカタログを当たって映像資料がないかどうか調べたりしていたのだが、先日、DVDが発売されているのを発見して、すぐに注文した。

ほどなく届いたDVDのジャケットには公開時のポスターが転用されており、左上に原作者としてジョルジュ・シムノンの名が記されていた。その下にヴィヴィアーヌ・ロマンスとミシェル・シモンの名が並んでいるのだが、どうやらこれらは、シメノン名義の原本を細工したものらしい。果たして中身はどうなのか。緊張のなか再生してみると、問題はあっけなく解決した。タイトルバックにはシャルル・スパークとジュリアン・デュヴィヴィエの共同脚本、原作（想を得た小説）はジョルジュ・シメンの『イール氏の婚約』とあって、たしかにアクサン記号がついていたからだ。日本の映画関係者や翻訳者たちが、この字幕を根拠にシメノンを採用したのは無理からぬことだろう。一九八九年にパトリス・ルコントがこれをリメイクして『イール氏』を撮った際には、もちろんシムノン原作と記されていたけれど、邦題は『仕立て屋の恋』となっていて、あいだに原作を挟んでもデュヴィヴィエの『パニック』との縁故関係は見えにくくなっていた。

飯島正がシムノンを発見したのは、まだジョルジュ・シムの筆名で書いていた時代だったという。「それは赤本専門（？）のタランディエ出版の犯罪物で、大したものではなかったが、後年の彼をおもわせる才気は見られた。それが一流書店ファイヤール発行の写真版を表紙にしたシムノン名儀（ママ）の探偵小説が、やにわにスピーディに何冊か発表されるにおよんで、にわかにシムノンは流行作家になった。シムノンはその後、NRFの赤表紙、そしてNRFの一流作家なみの白表紙、そして戦後はジューヌ・パルク版、さらにプレッス・ド・ラ・シテの色彩絵表紙（アメリカのポケット・ブック流の）となって、大体これにきまった。初期からシムノンを読んで来たぼくには、こういう装丁の変化をおもいだすのも、またたのしいものなのだ」。

「一流書店」への昇格を機に『イール氏の婚約』が書かれたのは、一九三三年。同時期にはメグレ警部の登場しない作品が数篇発表されている。学生の頃、私はこの小説をプレス・ド・ラ・シテ社から出た『シムノン大全』という物々しくて安っぽい全集ではじめて読み、そのペシミスムにひどく驚いた記憶があるのだが、ともあれ、『パニック』を最後まで観てから二十年ぶりに『イール氏の婚約』を再読し、シメノン改めシムノンの小説の舞台の中心がパリ南郊ヴィルジュイフのホテルに置かれ、毎日判で押したようにおなじ行動を繰り返している孤独な主人公イール氏がその中庭を挟んで若い女性の姿を覗いている「窓」に光が当てられていたことを、ようやくにして思い出したのだった。

物語がはじまる二週間前のこと、ホテルから少し離れた空き地で若い女性が惨殺され、一帯では刑事の聞き込みが行われていた。毎日どこでなにをしているのかわからない謎めいたイール氏の外貌に引きずられて、人々は彼を犯人に仕立てあげていく。イール氏の本名はイーロヴィッチ。ロシア系ユダヤ人で、父親はイディッシュ語しか話さず、パリのユダヤ人街で衣服の仕立て屋をしていた。おまけにイール氏には厄介な前科があったため、潔白を証明しようとする言動がすべて裏返しに解釈された。

首都のユダヤ人街からユダヤ（ジュイフ）の町（ヴィル）へ。戦時中、アメリカ生活を余儀なくされていたデュヴィヴィエのこの復帰第一弾には、戦後おなじくアメリカの空気を吸いながら自身の過去を振り払うように書きつづけてきたシムノンが、無実の罪に問われ、そして消された人々の無意識を召喚し、現出させた窓がある。

> イール氏は立ちあがって、窓に近づいた。その向こうに広がっているのは闇だけだった。まもなく、三メートルほど先にぱっと光が走り、窓のひとつに明かりが灯ると、部屋のなかを隅々まで見渡すことができた。（引用は拙訳）

吐く息に凍てついて磨りガラスのようになった窓の向こうに彼が見ていたのは、若い女性の肢体でもなければ真の殺人犯の顔でもなかった。それは「闇」だったのだ。無実の罪を着せられ、魔女狩りのように追われたイール氏は、闇のない天窓から屋根に逃げ出すのだが、むしろ夜の窓辺に留まり、ただ自身の闇を見つめていさえすれば、悲劇的な最期を迎えずに済んだのかもしれない。

あれの意味を知ってますか

　集合住宅における中庭とは、どのようなものなのか。アパートやコーポと呼ばれる住宅だけでなく、もっと高級で堅牢なマンションにおいても、南か東の、たいていは陽の当たる側に庇つきの窓やベランダが、その反対側に玄関があって完結しているのが一般的で、庭と見なしうるような空間はどこにもない。都営・区営の住宅や官舎のように、同一規格の棟がドミノさながらに並んでいて、その牌と牌に挟まれた空間ならば庭と言えなくもないけれど、それは何本かの平行線のあいだの土地を共用スペースにしているだけのことで、残りの二方向は開いた状態だから、囲い込まれているわけではない。しかも自室の窓の正面は、別棟のおなじ階の玄関に向いている。壁を共有し、コンクリートの肌を接しているだけで、出入り口はそれぞれに異なる複数の集合住宅の窓やベランダに囲まれた西洋の中庭は、だから雑誌の写真や小説の描写を通して、ただ漠然と想像することしかできなかった。

わかるようでわからないそんな空間に足を踏み入れ、なるほどこういう構造なのかと得心したのは、パリの街中で部屋探しをしたときのことである。あの街の集合住宅は、表通りから見るとファサードとファサードのあいだに隙間がない。だから奥行きを思い描くことができないのだが、大きな鉄扉を開けて一歩なかに入ると、にわかには信じられないほどの空間が奥へ奥へとのびており、いくつもの建物の背中が寄り集まって、ロの字形に密閉された中庭を形成している。むろん全部が全部そうではないし、ゴミ箱が置ける程度の面積しかないことも少なくないのだが、中心地区の古くからある建物は、たいてい内側に広々とした中庭を抱えている。

このような構造は、当然ながら賃貸条件に影響してくる。窓が南向きであるか北向きであるかではなく、車の走る騒々しい通りに面しているか静かな中庭に面しているかで家賃にかなり差が生じるのだ。部屋の条件は、もちろん専門情報誌に記されていた。しかし実際に訪ねてみると、中庭に面しているという表現がいかに曖昧で、いかに適当かが理解できたのである。カルスト台地の深い縦穴のように窓を設置できない壁面がすとんと数階分連なっているだけの、日本的に言えば畳三枚分もない箱庭があるかと思えば、一階部分が半透明の素材の屋根をつけたアトリエかなにかになってその上部がすこんと抜けている、たんなる採光のための空間だったこともある。意識するしないにかかわらず、その開口部を通じて住人たちの様子が視野に入ってくる裏窓の状況もさまざまだった。毎日決まった時間にレースのカーテンを少しだけ開けて、鋳鉄の手すりに引っかけたゼラニウムの鉢に水やりをする人、銃眼状の窓枠に余ったパンやチーズのかけらを置いて鳩や雀を呼ぶ人、あるいはカーテンをはずして感じよくしつらえた部屋の一部を披露してくれている人、午後の数時間だけ家猫に日なたぼっこをさせてやる人。見えるか見えないか、ぎりぎりの境界線をじつにうまく調整し、たがいに知っているようで知らない距離のある関係を保ちながら、表通りから隠された世界を彼らは創り出している。

十代の頃、テレビの洋画劇場でヒッチコックの『裏窓』を観たとき、舞台になっているニューヨークのアパートの裏手に広がる空間構造がなかなか理解できなかったことを思い出す。足を骨折して車椅子から動けずにいるカメラマンのジェームズ・スチュアートが、蒸し暑い夏、窓を全開にしている裏庭に面した、他のアパートの窓のなかをなんの目的もなくただ覗き込んでいる場面からはじまるのだが、下に見える空間は植え込みや柵や段差によって区切られており、特定の建物の特定の部屋に属していると同時に、すべての窓から見渡せるようになっている。私有部分でありながら共用部分でもあり、しかも表からは見えていない空間。そこにはちょうどジョルジュ・ペレックが描いたような、各階各部屋それぞれの「人生の使用法」があって、主人公はその小さな社会の一員として窓を利用しているのだった。

個があって、公があって、それが日本のように溶け合わずしっかり分離されている一方、その中間地帯で見つつ見られていることをつねに意識してもいる奇妙なバランス。これだけ外部に開かれているのであれば、それはもう裏窓ではなくむしろ表窓と呼んで差し支えないという気さえしてくる。事実、あのリア・ウインドウの「裏」には、否定的なイメージより明るさに似た空気が漂っていた。ジェームズ・スチュアートに結婚を迫るブロンドの恋人グレース・ケリーの潑剌とした振る舞いと、看護人役のセルマ・リッターの皮肉の効いたユーモアも大きいのだが、とくにグレース・ケリー演じるリザの、石膏で足を固められた男の視線に同期し、その手となり足となってからの活躍ぶりは、派手な事件や事故に慣れているはずの男を震えあがらせるに十分だった。

動ける女と動けない男の組み合わせは、カメラの望遠レンズに捕獲された夫婦者と立場がちょうど逆になっている。病気で寝たきりの妻と外出の多い夫。スチュアートの眼差しは、動けない身体に苛立っての「出歯亀」的なものではなく、自分の内側の、恋愛に消極的な濁りから眼を逸らすための逃避でもあった。

グレース・ケリーからすれば、スチュアートの気持ちをなんとか自分に向かせるべく、好奇心を超えた無意識の賭けに出たことになるのだろう。彼女が男の部屋に忍び込んで、姿を消した妻の結婚指輪を見つけ出し、それをこっそり指にはめてスチュアートに合図を送る場面は、フランソワ・トリュフォーが指摘するとおり二重の意味での勝利を意味している。いつも世界を飛び回っていて、どんなに将来を議論し懇願しても結婚に頷いてくれないこの男がたまたま自由を奪われているときに、結ばれる可能性をみずから示してしまったのだから。

しかし、真の主人公は窓である。いくら蒸し暑い夜でも、中庭を共有する住人たちみなが窓を開け放して、たがいに見放題、見られ放題という設定はいささか苦しいのではないかと思うのだが、人物ではなく窓そのものの機能が主役だと考えれば不都合はない。窓は視線を遮るものではなくて、内部をさらけ出すための穴でもあるからだ。見ながら見られる、見られながら見るという双方向の動きが、窓を通して可視化されているところに『裏窓』の魅力があり、中庭という閉鎖空間に向いた複数の窓がひとりのカメラマンの視点を強化して、いわば開放的な息苦しさを実現したのである。心の持っていき方を少しでも誤ると、彼の部屋はそのまま監獄になってしまう。最終的にふたりの愛を外に逃がしたからこそ、両開きの窓も、上下にずらす窓も、サンルームのようなガラス張りの窓も、中庭が監獄化するのを防ぎえたのだ。

ところで、ウィリアム・アイリッシュ、別名コーネル・ウールリッチによる『裏窓』の原作（*It Had to Be Murder*／一九四二）の主人公のまわりに、女性の影はない。結末部はもとより、全体の空気もずっと重い。窓とベッドを往復している男の世話をしているのは、女性ではなくサムという名の通いのハウスキーパーである。語り手の「わたし」が窓の向こうの夫婦の、夫の挙動を怪しみ出した頃、「どこかの裏庭」でコオロギが鳴いているのを耳にしたサムが、「あれの意味を知ってますか」と問いかける。「いつもおふくろにいわれたけど、毎度おふくろのいうとおりだった。自分もいちどもはずれたことがないんです」と。「あれって……コオロギかい」。語り手の問いに、サムは堂々と応える。「あれが鳴くのは、人死にのしるしです——それもどこか近くで」（村上博基訳『アイリッシュ短編集3／裏窓』創元推理文庫、一九七三）。

開け放たれた窓は、光や影だけではなく人の声も音も伝えてくる。映画ではグレース・ケリーがやってのけたことを、原作ではコオロギの鳴き声を不吉と感じるこのサムが、頼まれて厭々ながら遂行する。語り手は女性に対する片付かない気持ちの代わりに、「かたちのない不安、漠然たる疑惑のようなもの」をもてあまし、それがいつも、「あたかも着陸地点をさがしてとぶ羽虫のように、ゆるやかに滑空」しているのだ。これはぜったい殺人にちがいない。妻殺しにちがいない。羽虫のように音を立てて舞う不安がコオロギという言葉と重なって、原作はジェームズ・スチュアートの居場所を完全な看守の位置に固定してしまう。語り手は殺人課にいる知り合いの刑事に、怪しい男の部屋を調べてくれと細部は省いて頼んだあと、こんなふうに述べる。

わたしは受話器をおくと、また事件の待機監視にもどった。特等席である。いや、逆向き特等席というべきか。なにしろ舞台背後から見るだけで、正面からは見られない。

明かりを点けずに暗くした自分の部屋は、比喩を超えた現実の監獄の監視席でもある。窓と呼ばれるシャッターは開きっ放しで、複雑な閉鎖空間をカメラの暗箱に変えている。一人称の窓を介して読者もまたその視線に同調し、窓の向こうを不安をもって眺めることになるだろう――、相手はこちらのまなざしに気づかないという認識が誤りであることを、見ることが見られることであって、中庭の、いや裏庭の澱んだ空気がすでに「人死にのしるし」であることを、頭のどこかで羽虫の音のようにはっきりと意識しながら。

その金色の衣のなかで

窓ガラスの向こうを眺める人々の姿は、壁に掛けられた絵画の前にたたずんでいる人々のそれによく似ている。内と外のどちらに身を置いても、私たちは窓の不思議な力に抗うことができない。この枠を介してなにを想像し、なにを得るかは個々の自由であり、特定の味わい方を押しつけられるようなことがあってはならないのだが、それでも往々にして、窓という絵画の前に立つ人々の反応に自分も合わせなければ失礼にあたるのではないかと不安になることもある。

逆に、なぜ彼らがこの窓からの眺めに歓声をあげているのか、首を傾げたくなることも少なくない。任意の窓がここしかない特定の窓に変わったとき、美術館の名画のように、私たちはあらかじめ定められた解釈の後追いを強いられる。風光明媚な土地の、絶景を誇る場所からの眺めに対する定型の賛嘆には、警戒が必要だ。しかし窓は束縛の道具ではないし、みずから発見した景色をみずから慈しんだあと、かりにその場所を第三者に教えたとしても、自分だけの窓と結んだごく私的な密約の中身を軽々しく他者に漏らすことは許されない。むろんこれは、見る側の倫理として、あらゆる芸術、あらゆる風景に適用されるべきものだろう。

特殊なのは、文字で描かれた窓である。建築素材などひとつも使わずに造られた平面の窓に出会い、そこから覗いている世界の断片に魅せられたまま、受け止めた感慨を人に差し出したくなる瞬間が私にもある。右から左に想いを流すのではなく、自分の言葉と、言葉を添えることじたいに対する戸惑いを含めての話だ。それらしいモデルがあるにせよ、実際には誰ひとり住んだことのない虚構のなかに設けられた窓からの眺めに読者は陶然とする。光も匂いも影も音も、すべてがその文字でできた額のなかにあると確信できたときの喜びを、自分だけの胸に閉じ込めておくのは難しい。そこに到るまでの状況が陽性でなかった場合にはなおさらである。

たとえば、祖母や女中のフランソワーズといっしょにバルベックのグランドホテルにやってきた、プルースト『失われた時を求めて』の「私」は、ある場所からべつの場所へと生活環境を移すことによってあたらしい習慣が生じたとき、それまで慣れ親しんできた土地や人々との関係は必然的に壊され、忘れ去られると考えていた。大切な人と過ごした時間の忘却は自分自身の忘却であり、死でもある。いずれ負から正に転ずるなにかが訪れるとしても、未来に対する説明しようのない不安は拭い去ることができない。その証拠に、砂丘の上から海を見下ろすバルベックのグランドホテルに借りた天井の高い部屋で、「私」はどうしても落ち着くことができずにいる。「親しみのある低い天井に対して私の内に生き残っていた一種の友情が発する抗議の声」(『花咲く乙女たちのかげに』/以下、引用は拙訳)を耳にした語り手の心は、いま完全に閉ざされていて、なにかを見ようとすればそのよそよそしさに傷つけられてしまう。模造大理石の立派な階段をあがってたどり着いたホテルの一室で「私」はそんなことを思いめぐらし、苦しい夜を過ごす。「だが翌朝」、状況は劇的に変化するのだ。給仕に頼んだお湯で顔を洗った「私」は、すでに自身にとっての絵画とも言える窓の前にいたのである。

もうすでに昼食と散歩の楽しみを考えていた私は、窓のなかに、そして船室の舷窓のような本箱の扉のガラスというガラスのなかに、むき出しの影ひとつない海を、とはいえ細く動く一本の線に画されたその表面の半分は陰になっている海を眺め、また飛び板の上で跳ねる者たちのように、次から次にこちらに迫ってくる波を眼で追ったのだった！

窓はひとつしかなくても、入ってきた光は複数の本箱のガラス扉に反射し、あれほど冷たく感じられた部屋が一挙に光の祝祭に包まれる。「私」はもう魂を奪われて呆然としながら窓の向こうの海を眺め、ガラスの表面で揺れる青の階調に打たれている。海とも避暑とも縁のない狭い和室が、この「だが翌朝」という、じつにありふれた、しかしこれ以上ない転輸機の魔法に浸されるのだ。読み手であるこちらも、「エメラルドでできた波」をかぶったような気がしたことをはっきり覚えている。プルーストが繰り返し用いる時空の切り替え装置のなかで最も頻繁に目にするあの「突然」と同様、この「だが翌朝」の響きにも、私は身のまわりの変幻を味わう仕掛けとして近しいものを感じていた。習慣の惰性を、あるいは惰性と化した時間を断ち切って、未来への不安を幸福の種に変える文言に出会うたび、じつはそういう働きをする言葉そのものが、存在の「窓」なのではないかと思わずにいられなかったのだ。

以来、まるで駅馬車のなかで眠った人が、あんなに楽しみにしていた山々が夜のうちに近寄ったか遠ざかったかを確かめるべく窓に身を寄せるように、私は毎朝、その窓に近づくことになったのである――ここでは丘のように連なる海が、踊りながらこちらへ戻って来るより先にあまりに遠くへ退いてしまうので、はるか彼方に見える長い砂の平野の向こう、ちょうどトスカーナのプリミティヴ派の絵の背景に見える氷河のように青っぽく靄のかかった透明な遠景のなかに、ようやく最初の波のうねりを認められるということがしばしばあった。

不意に自分のものになった、バルベックのグランドホテルの窓。おなじ季節のおなじ時間帯に、これまで数多くの宿泊客が眺めたはずの開かれた景色が、「私」にとっては唯一無二の絵画になる。失われた過去ではなく、失われるであろう未来を先取りして回復するための重要な役割をこの窓が担うのだ。同時にそれは、過ぎていく時間の、刻々の死を意識する契機にもなる。窓に区切られた海への眼差しは、やがて作中の小説家ベルゴットが最期に目にした「黄色い小さな壁」と響き合うだろう。揺れ動く青い波と、静かに陽を浴びてじっと動かず、ただ時の流れだけを受け止めているフェルメールの、《デルフトの眺望》に描かれた壁。中心的な主題を担っているわけでもないその黄色い小さな壁にあえて愛を表明することは、生と死を反転させるに等しい。

　バルベックという閉ざされた小宇宙に集まる高貴な人々を遠巻きに観察しながら、「私」はもうそのことに、つまり「窓」に潜む二面性に気づいている。いや、かつての「私」を綴る現在の「私」は、より明確にそれを意識していると言うべきだろうか。貴族たちのなかには、いつもおなじ面子でみなとはちがう時間に食事をし、一日中サロンでトランプに興じているグループがあった。彼らには外の世界が理解できない。食堂の窓からも海は見えるのに、「長い午後のあいだ、海はただ、金持ちの独身者の閨房に掛けられている、快い色合いの油絵のように彼らの正面に掛かっているばかりだった」。「私」は彼らの「窓」への敬意のなさに、「最初の波のうねり」に対する無関心に、言い換えればべつの世界に対する視線の欠如に落胆することはない。なぜなら、自分たちの世界だけに閉じこもっている面々を収容する食堂やサロンもまた、ひとつの額として、ガラス窓の向こうの不思議な絵画に変貌しうることを知っていたからだ。

また、彼らはホテルの夕食をとらなかったのだが、夜になるとそのホテルでは泉から湧き出すように大量の電気の光が大食堂に満ちあふれ、ガラスの仕切りに囲まれたその空間は広々としたすばらしい水族館のようになり、闇のなかで姿は見えないものの、バルベックの労働者たちが、漁師やプチ・ブルジョワの家族たちもガラスに顔を押しつけて、金色の渦のなかにゆらめいている連中の贅沢な暮らしに、貧しき者にとっては奇妙な魚か軟体動物の生きざまのごとく不思議なこの暮らしに目を凝らすのだった。

内から外を眺めようともしない者たちに、窓は存在しない。向こうとこちらを行き来するはずの穴は閉ざされて、逆に彼らは、絵画どころか水族館の展示物になってしまう。眼前に開けたエメラルドグリーンと青のあいだの海が、沈みかけた「私」の心を洗い清め、奮い立たせる。すると、またべつの光が差し込んで、周囲の人間を奇怪な生き物に変貌させるのだ。一瞬のうちに激しく燃えあがった憧憬の束が急にほどけて、冷静な認識装置になる。そして、バルベックで過ごした時間と、それを後から文字でなぞろうとしている時間のあいだでその装置を稼働させるためにどうしても必要なのが、言葉でできた「窓」なのである。

しかし、窓が自分だけの開口部になり、防虫剤の臭いも高すぎる天井も気にならず、ある種の親しみをも感じさせるようになった頃、別れがやってくる。嵐に叩かれ、霧のなかに埋もれていると想像していたからこそ憧憬の対象になっていたバルベックは、いまや輝かしい夏の光で「私」を包み込んでいる。本来なら輝かしい金色の明るみになるはずの光が、別れを意識した瞬間、「鈍い人工のエナメル」のように陰気な方向にくるりと姿を変えるのだ。正午になるとフランソワーズが部屋にやってきて、明かり採りの窓のピンを取って布を外し、カーテンを開けてくれる。

彼女が白日のもとにさらした夏の光は、まるで何千年も前の豪奢なミイラとおなじくらい遠いむかしに息絶えているように見えたのだが、老いた女中はどこまでも注意深く屍衣のすべてを剝ぎ取って、金色の衣のなかでかぐわしく防腐処理のほどこされた姿を現出させたのだった。

光り輝く夏の光とミイラの帷子(かたびら)が重なってあたらしい焦点を結んだ長い文章は、原文の構造に従うなら、「金」の一語で軽くまろやかに、しかも華麗に閉じられる。『失われた時を求めて』には窓が多く描かれているけれど、バルベックのグランドホテルで語り手が自身の変貌を見届けたこの窓は、まばゆい光と翳を金色の音のなかに取り込み、生と死の双方から私たちをいつまでも幻惑しつづけるのである。

虚妄の窓の向こうへ

ここまではまだ大丈夫、ここまではまだ大丈夫、重要なのは着地だ、と映画のなかで男は呟いていた。移民たちの集う異郷の郊外地区の、先の見えないすさみきった日々への怒りをもてあまし、声の主は夢のなかで、地上五十階の集合住宅の屋上もしくは窓から飛び降りようとするのだが、意識と身体のずれがまっすぐこちらに伝わって、落ちるというよりいつまでも浮遊しているように感じられた。むしろ落下していく自分の姿を離れたところから眺めていたと解した方が正しいかもしれない。飛ぶことは落下することであり、落下することは宙に浮かぶことと同義なのだ。

その映画を観て揺り動かされた思いを、私はこれまで幾度か文章にしてきた。映画館の椅子に身を沈めて画面を見つめていたとき、自分もまた下へ下へと落ち、しかしスクリーンを見ながらなにかべつのことを考えている自分に気づいている自分という、薄膜をあいだに挟んだ意識の存在を認めてもいて、硬い座面から臀部をわずかに浮かせた状態で、私は同様の感覚を、つまり実体験ではなく映画や書物のなかで意識が上下に分離していくこの感覚を以前にどこかで味わったことがあるような気がしていた。しかし、それがどこだったかを特定する間もなく画面に引き込まれ、やがてすっかり忘れてしまった。

ところが先日、必要があって福永武彦の「飛ぶ男」を読み返していたとき、映画館での心の動きが鮮明に蘇ってきたのだ。落下の感覚はこの短篇のなかで体験していたことだったらしい。物語は、八階建ての病院の最上階に入院している主人公の「彼」が、エレベーターで地上に降りていくところからはじまる。それより上の階の存在を示すボタンはない。「彼」はいつも落ちていくばかりである。

その瞬間に意識が止る。意識が二分される。一つは彼の魂、それは動かない、それは落ちない。それは依然としてあの高さ、八階の高さの空間の中にある。その鳥は依然として空中を飛ぶ。その隕石は依然として宇宙空間の中にある。もう一つは彼の肉体、それは動く、それは落ちて行く。エレヴェーターと共に烈しく落下する。撃たれた鳥のように、隕石のように。その二つとも彼だ。彼の意識は二つに分れ、その距離が見る見るうちに遠ざかる。垂直に。

（『廃市・飛ぶ男』新潮文庫、一九七一）

八階程度の高さからワイヤーで吊り下げられた函の垂直移動を落下と表現するのが大袈裟だと言うのは、みずからの想像力の貧困を認めるに等しい。「飛ぶ男」が書かれたのは一九五九年だが、この時代にはもう立派な昇降機はあちこちにあったはずで、ものめずらしさが手伝っての過度な形容ではないだろう。まっすぐ下へ向かっていくといっても重量に引かれて加速度が増すわけではないし、一階に近づけば自然と速度は弱まるのだから、深い穴の底へといつまでも落ちつづけていることもない。「彼」がいま耐えている落下の感覚は、現実の高さに比例もしないし左右もされないのだ。先の映画の冒頭で印象づけられたのは、数字にはけっして換算できないこの垂直移動の感覚だったのである。

閉ざされた空間から抜け出したいという願望が、意識と身体の分離を促す。外に出た「肉体」は、「僕ハ魂ヲアソコニ置イテ来タ」と独語する。魂はまだ八階の、そこにはない函のなかに閉ざされて、いつまでも落ちてこない。肉体だけが勝手に外へと動き出すのだ。

魂と肉体の双方を見つめているのは、ベッドの上で暮らす「彼」である。主体としての「彼」は、歩くこともできない。仰向けになって天井と相対しながら現在の自分を見つめ、それ自身すでに虚構である分離した肉体を分離した魂となって遠くから追い、過去の記憶を掘り起こしていく。複雑な意識の交錯。エレベーターを降りて外に出ていく肉体を追う「魂」と異なる思念は片仮名で表記され、頁の上には現在と過去の時間軸を崩すような複数の声が混じり合っている。「彼」のベッドの右手にはエレベーターのある廊下に通じたドアがあり、洗面台があり、鏡がある。左手は開閉可能な窓だ。仰向けに寝ている身体が痛み出すと、左右どちらかの肩を上にして横になる。外界を覗きたければ身体の左側を下にして窓に顔を向ければいいのだが、「彼」はそうしない。カーテンが閉じられていないかぎり窓からの眺めを自分のものにできるのに、「彼」はあえてそれを選ばず、窓を直接見る代わりに身体の右半分を下にして、洗面台の上の鏡を見るのだ。鏡には窓が映る。その窓の先には本物ではない空が広がる。

しかし彼は鏡に映っている窓を見ることを好まない。窓は窓、鏡は鏡だ。鏡に映った窓は単なる虚妄にすぎない。どれほど彼が窓を見るのを好んだとしても、それは実体としての、その先に直接に空を見ることの出来る窓で、虚妄としての窓ではない。しかしそれでも彼は暫くの間、その鏡に映っている窓をじっと見詰めていた。

窓ガラスと鏡による二重の操作を経た空はまがいものである。そして、まがいものの空に興味はないとさえ「彼」は言う。空はもっと明るい方向に「彼」の魂と意識を運ぶはずなのだ。その先には、願望としてではなく、是が非でも手に入れておきたい未来がある。ところが窓の枠に嵌め込まれているのは、わずかばかりのビルや倉庫や煙突だけで、あとは一面空なのだった。まるで正真正銘の空が濁り、澱んでいるかのように。窓を希求しながら窓の真実を受け入れられないとしたら、あれほど否定していた「虚妄としての窓」に頼るほかなくなるだろう。だから「彼」はドアの方に身体を向け、洗面台の上の大きな鏡ではなく、片手で持てる手鏡で窓を映し出す。「虚妄」の度合いはさらに小さく、濃くなる。角度を変えると、見えるはずのない景色がこうして一枚の卵形の鏡に収まって、鏡の面は街の様子を「彼」の眼に届ける。洗面台の鏡では死角となる領域に出現したのは、河だった。

大きな河が、その手前側は建物の蔭に切り取られ向う側は墨絵のように黝（くろ）ずんでいたが、一筋の蒼ざめた帯のように流れていた。彼は鏡の面を更に傾けて河の流れを追って行ったが、やがてそこに懸る橋のところで、風景は終ってしまった。部屋の中の窓枠が映った。僅に橋の欄干が端の方だけ遠くに見えた。

病んで動くことのできない「彼」が眺めている架空の窓の先に流れていたのは、不可視のレーテー、すなわち忘却の河である。一方で、分離した「肉体」はふらふらと夢遊病者のように街をさまよい、それを「魂」が追っていく。「魂」と「肉体」を統合する「彼」の意識は宙ぶらりんのまま浮いているのだが、それを生み出しているのは、「大空の爽かな大気ではなく、彼の内部にあるこの異様な不安」だった。「肉体」

は「魂」を欠いたまま自動人形の歩みで「足を急がせ、眼を起す」。そのようにして歩いてきた最後の段階に横たわっているのが河なのである。

ただし、「彼」はその先に行こうとはしない。行くことができない。なぜなら、卵形の虚妄のスクリーンに映じていた街は、この河に懸かる橋で断ち切られていたからである。渡し守の言いなりになれば、「彼」はもう二度と戻って来られない場所に消えてしまう。「彼」の「肉体」はぎりぎりの境界線まで彷徨して、八階の函のなかに置いてきた「魂」の居場所を振り返る。もしくは呼び戻そうとする。ここでは「魂」が「肉体」を呼ぶのではなく、「肉体」が歩行の限界点である橋の上に立って「魂」の居場所である病院を眺め、分離を解いてもう一度ひとつになろうとするのだ。

ベッドの上の「彼」は、あてもなく歩きつづける分身とはべつの時間を生きている。朝も昼も夜も知っている。看護師たちの足音も、配膳の音も聞こえている。彼らがふたたびひとつになるには、異なる時間の流れを一致させなければならない。そのためには、どうしたらいいのか。虚妄の鏡が吸い込んだ窓の、偽りの空に頼っているだけでいいのか。

ここまでの展開は私も覚えていた。しかしそれをさらに一歩進めるために必要とされていた内的な不安が、神の怒りなくしてありえない不穏な力と結びついていたことまでは理解していなかったのである。「飛ぶ男」のラストは、私たちが経験した未曽有の震災と津波、それにつづく不可視の敵の脅威によって、確実に意味を変えた。思い出そう、福永武彦は忘却の河だけではなく、死の島の、原子爆弾によって崩壊した市へと向かう物語の作者であることを。しかもあの長篇の終わりはひとつの軸に確定されず、いつまでも揺れながら、複数の人物の窓枠を軋ませていたことを。「彼」を飛翔させるのは、建物どころか地球を砕くほどの巨大な揺れだったのだ。

地震だ、と彼は感じたが、しかしそれは地震よりももっと恐ろしい何かであるように思われた。彼の内部の不安な感情が息苦しいほど胸を締めつけた。凄まじい音を立てて壁が砕けた。窓硝子が微塵に割れ、窓枠が押し潰されて奇妙な音を立てた。天井が中央から二つに割れ、彼の身体の周囲にコンクリートの細かい破片が音を立てて飛んだ。そして割れた天井に、ぽっかりと空が覗いて見えた。夕暮の、次第に暗闇を増しつつある空が。

吹き飛んだのではないとはいえ、天井が割れてはじめて「彼」は未知の力を得たのだった。文学的予見なるものがあるとすれば、これ以上の事例はないだろう。「彼」は混乱のなかで、見えない声を聴き取る。「大変ダ、地球ガ泯ビルンダ」「地球ガ壊レテ行クンダ、引力ガ無クナッテシマッタンダ」。その瞬間、身体が宙に浮き、ベッドといっしょに「彼」はその裂け目を抜けて空に舞いあがる。世界が崩壊し、大混乱に陥るのと引き換えに、「彼」はとうとう自由を手に入れたのだ。落下を永遠に宙づりにする力は、「地震よりももっと恐ろしい何か」から、地球が粉々になるほどの地異から汲みあげられていたのである。「コレガ空ヲ飛ブコトノ代償ダッタ」と「彼」は独語する。では、病院の窓から、高層ビルの屋上から飛ぶことを夢見ないで済むような、虚妄ではない喜びとは、偽りなき幸福とはなんなのか。「彼」にも私たちにも、それを考え抜くための時間は、もうほとんど残されていない。

胸をかきむしるほど透明な窓

……壁ではなく窓に押しつぶされそうだと感じたことが何度かある。パリ、ブレスト、トゥルーズ、タラゴナ、バルセロナ、アリカンテ、それからフィレンツェ。いずれも旧い街区に建ち並ぶ石造りの集合住宅のあいだを抜けて行く路地でのことだが、午後の早い時間帯か夜遅くに歩いていたせいか通りには人の気配がなく、両側を固める丈高い建物の窓という窓がこちらを見つめているようだった。後頭部から肩口にかけて、私は四角い眼差しを感じながら歩いていた。バルコニーのない、壁と窓が同一平面に揃っている建物。物音ひとつなく、やわらかいゴム底の靴を履いているにもかかわらず丸みを帯びた敷石にその音が響いて、身体中に浸透していく。そんな感覚に最も深く襲われたのは、冬のフィレンツェでのことだった。閉じられた窓の放つ気配と吐く息の白さ、靴音が数歩前の残響と重なり合う谷間を歩きながら、私はいったいなにを考えていたのだろう。開かれるのではなく閉ざされたとき、窓はより大きく外界に作用する。こちらの精神状態もいくらか歪んでいて、なすべきこともなし終えたこともない宙ぶらりんの気持ちのまま細い時間の線の上に私はかろうじて立っていた。どっしりしているはずの石畳が、地上数十メートルの綱渡りのワイヤーのように揺れている。窓に心を見透かされ、路地に閉ざされてもはや内にいるのか外にいるのかわからず、時間そのものを誰かに預けて薄闇のなかを浮遊するばかりだった。時計も携帯電話も持っていなかった。どのくらい歩いたのか、足がだんだん重くなり、身体もそれにつれて重くなってきた頃、不意に、目の前の闇から肩を寄せ合った男女があらわれた。ぶつかりそうになってたがいに声を発し、亡霊ではなく生きていることを確認できたのを幸い、いま何時かと尋ねてみると、たどたどしい言葉ではなく人差し指で腕時計のあるべき位置を示したしぐさで質問内容を理解したらしい男の方が、海草のような毛のみっしり生えている手首に巻いた腕時計を差し出した。午前二時四十五分。あまりに鮮やかなオレンジ色が一瞬、深い闇のなかで深海魚の提灯のように光ったことをいまでも忘れない。ＮＩＫＥと記されたその液晶のなんと美しかったことか。煥火が消え入るようにその光が消え、時間を告げてくれた夜の恋人たちが消えると、私はまたなかば迷子の状態で片翼をもがれた不安定な歩みをつづけた。NIKEをナイキではなくニケと読めば、飛ぶように走るためのシューズに刻まれたサモトラケの女神ニケの像がすぐさま思い浮かぶ。十九世紀半ば過ぎ、フランス領事シャルル・シャンポワゾによって、最初にまず胴体が、それからばらばらになった翼が発見されたニケ。復元されたとしても彼女の翼に空を飛ぶ力はなかっただろう。飛翔能力を奪われたからこそ、この地上で、陸の上で、風を裂いて走る人間たちを助ける道を選んだのである。しかし夜空に浮かんだ幻のニケは、私の頭のなかで、なにかに憑かれたように、あるいは理性を失ったかのように、窓から宙に飛び出そうとしていた。「ガラス窓を飲んだ女は夜明けの発作をおこして指先までわななくだろう」という川田絢音『空の時間』の一節が思い出される。ガラスの破片ではなく窓全体を飲み込んでしまう暴挙によって、サモトラケのニケは仏語の名である勝利を逸して必敗に通じる空の道をたどろうとするのだ。開くためでも閉じるためでもない、飲み込むためのガラス窓がこの世に存在するなんて想像もしなかったと闇のフィレンツェで迷子になりかけている私は思った、のではないか、いや、まちがいなく思ったはずだ、といくつもの段階を踏んで思う。ガラス窓を飲み込んだ女神は、ならばどこで指先を震わせていたのか。室内なのか戸外なのか、窓のこちらなのか向こうなのか。「無垢な窓を／内へ／内へと／開け放って／悲鳴ははれやかに疾走しなければならない」（前掲書）と詩人は言う。晴れやかに疾走した悲鳴が、聞こえない私の耳もとで、胸の内で響きわたる。叫喚が胸管のなかで共感を勝ち得て凶漢となる。記憶が少しずつもつれてくる。歩いても歩いても私は河に近づくことができなかった。河岸に出れば目印になる美しい橋があり、その橋を基点にすれば宿に戻るのはたやすいはずだった。ところがあの河には音も匂いも水の気配もないのである。窓はどこも閉じられ、鉄扉も封鎖され、飛べない靴を履いた私の身体は芯から冷えていこうとしていた。誰が、いつ、冬の窓をこじ開けてくれるのか。すっと窓が開いて密閉された闇の一点から空気が室内に吸い込まれていくさまを想い描く。あんなに威圧的だった無数の窓がたったひとつの窓になる。一本の薔薇が無数の薔薇に等しくなるように、ひとつの窓がすべての窓を代弁しはじめる。どこかひとつ小さな窓が開いて、そこから翼に罅の入ったニケが顔を覗かせれば、その窓を基点にして自分の位置を把握できるかもしれないのだが、彼女が食べてしまったガラス窓はもうすべて鉄の鎧戸になり、昼間蓄えた温気を使い果たした石の街を氷室のように冷やしていくばかりである。呼び鈴をすべて鳴らして助けを乞うてみたらどうだろう。河は、歴史あるあの河は、どこに流れているのでしょうか、どの角を曲がれば目の前が開けるでしょうか、どんなにゆっくりとした歩みでも結構ですから、私を導いてくれるなにかについてご教示いただけないものでしょうか。けれど、重そうな鉄扉のまわりのどこを探してもそれらしいボタンひとつ見当たらない。私の視線はしだいに黒ずんだ敷石から壁伝いにふたたび窓まであがり、あと数時間で多少は明るむはずの冬の夜の空に向かおうとしていた。「窓は／胸をかきむしるほど／透明にしてはいけない」（「冬の光」『朝のカフェ』）とふたたび詩人は言う。私に示されたたったひとつの窓は透明だった。カーテンもなく明かりも漏れない、たったひとつの、胸をかきむしるほどに透明な闇の窓。そう、ここまでの途方に暮れるしかない展開についてなら、すでに語ったことがある。時には深夜の彷徨の理由をごまかし、多少の粉飾もまじえて。しかしそのあとに起こった出来事について、長いあいだ胸に引っ掛かって離れずにいるあの光景について、私はどうしても語ることができなかった。語ろうとしても言葉が出てこなかった。それを、なぜこの段になって吐き出してしまおうという気になったのだろうか。ともかく、見あげていた夜空の下の、たぶん六階か七階あたりの両開きの窓が音もなく開いて、白い、巨大な顔らしきものがぬっと突き出てきたのだった。生き物であることはまちがいなかったのだが、真下からではその全貌が把握できない。私は恐る恐る後退し、十数メートル下がったところから、斜め上方にぽっかり浮いている物体に眼を凝らした。それはぴくりともしなかった。穴の周囲の空気が吸われていく様子もなく、静けさは相変わらずだ。一分、二分と息を詰めていると、徐々に輪郭がはっきりしてきた。人間だ、と私は思った。窓枠との比率からすると相当に大柄な人物の、胸から上の部分。ただし肌の色は真っ白で、風がわずかでもあればなびいているはずの髪の毛はなくつるりとしている。声を掛けようか掛けまいか迷った末に、Buona Sera と呼んでみた。戻るべき場所への道筋を尋ねるには、もうこの白い人しかいない。反応がないので、もう一度、さっきよりやや大きめの声で Buona Sera と言ってみた。すると白い人はほんのわずか前に身を乗り出して斜め下にいる私の方を振り向き、なにかを口にしようとしてすっと手を伸ばした、いや、そのように見えた。ほんの一瞬の出来事だった。窓から押し出されるように、あるいは透明なピアノ線で引っ張られているかのように、それは徐々に前に滑り出て、ゆっくりと宙に舞ったのである。胴体も脚もつづかない。ただ胸部から上だけが私に言葉も返さず闇に溶け出し、もう何時だかわからないけれど深夜よりも朝に近い寒気の層を切り裂き糸を引いて垂直落下したあげく、狭い路地の敷石で砕け散った。すさまじい音ではあったのだが、爆音ではなかった。中身が空洞になっているものだけに許された、あの開放と閉鎖を同時に行うこもりがちの音を響かせて、白い人はニケの翼のようにばらばらになったのである。存在を見破られた冬の蠅さながら身動きもせずただ茫然として、私は窓に眼をやる。人影はない。音に気づいてべつの窓から誰かが顔を出してもよさそうなのに、街は沈黙に沈んだまま、ただ壁全体で、窓全体で、すべての窓を内包したたったひとつの窓で異人を取り囲んでいる。粉々になった白い塊のなかで、いちばん大きな破片に近づいて見ると、それは鼻梁の高い立派な男の顔の一部だった。片方の眼も残っている。私はその男を知っていた。ルネサンス期にパン屋の倅として生まれ、その後傭兵隊長として活躍した著名な軍人。大理石でもブロンズでもなく、それは石膏像の一部だった。誰が、なんのためにこんな像を落としたのか。傭兵隊長がみずから行動を起こしたのでなければ、ガラス窓を飲み込んで苦しみ錯乱した女神の仕業にちがいない。あるいは用もなく私道に等しい路地を回遊している異人に敵意を抱いた旧市街の住民の仕業だったのだろうか。突っ立ったままのその異人は、本当に「私」なのか、それとも「私であった男」なのか、遠ざかりそうな意識のなかで必死に言葉の綱を握る。無数のかけらが突然ウランガラスのような青白い光を放って地上の蛍となり、敷石の路地を沼地に変える。かすかな水音が聞こえて、冷たい風が吹いてくる。蠟燭でない炎はその寒風を意に介さず、一定の光量で私の瞳を打ちつづけ、やがて美しい花になる。ああ、そういえばここは勝利の女神ではなく花の女神の都市だった。光をたたえた花々がぼんやりと照らした路地を抜ければ、きっとそこには河があるだろう。憲兵があらわれないうちにこの場を去らなければならない。私は、私であった男は、白いかけらをひとつコートのポケットに突っ込んだ花盗人となって、冷たい闇に消えようとしていた……

誰が箱男ではなかったのか

黒枠で囲まれた正方形のモノクロ写真の中央に、どうやら親族らしい人々の姿が写っている。いちばん目立つのは大きな車椅子の車輪で、座席には手提げ鞄といっしょにおかっぱの小柄な女の子が収まっている。着ているのはワンピースだろうか、浴衣のようにも見えるのだが、足首にベルトのある靴を履いているからどうも和の衣装ではないようだ。いま退院したばかりといった雰囲気で、彼女を入れて七名の老若男女――男性二人は帽子をかぶっている――は、奇妙なことに全員画面の右側に顔を向けており、車椅子もそれに合わせてある。集合写真、もしくは記念写真を撮影しているのだろう。粗い画像であること、そして右からふたり目に和服の老婆の上半身が出ていることも影響してか、幕末から明治初期にかけて撮影された写真の匂いが漂っている。じっと見ていると、写っている人たちがみな自分の親族のように感じられてきて軽い混乱状態に陥るのだが、ともかく写真機を構えて七人の姿をファインダーに収めている人物が枠の外にふたりいることには注意しておかなければならない。

彼らの視線の先に立っている者と、カメラマンを見つめ、また見つめられている人々を右方向から狙った第三者。いや、あるいはこれも彼らと血縁のある人物なのだろうか。ずっと奥、ちょうどこの七人の頭がつくる壁の、低いV字谷になっているあたり、サッカーのフリーキックなら当然ここを狙うというポイントの先に乗用車が一台停まっていて、その前でふたりの人物が立ち話をしているのだが、彼らは左に顔を向けているので視線はわずかながら左右に振られ、映像は静止しないで水平方向に横滑りするような動きをもたらす。そして、その横揺れを味わったまま黒枠の下に視線を移すと、以下のような文章が読まれることになる。

見ることには愛があるが、見られることには憎悪がある。見られる傷みに耐えようとして、人は歯をむくのだ。しかし誰もが見るだけの人間になるわけにはいかない。見られた者が見返せば、こんどは見ていた者が、見られる側にまわってしまうのだ。

撮影者は、安部公房。一九七三年に発表された『箱男』に挟み込まれた口絵写真の一枚で、右に引いた箴言風の一節は写真のキャプションである。これはいったい、誰が書いたものなのか。物語を統御している磁場を常識的に考えれば、当然作者自身となるわけだが、ことはそう単純ではない。なぜなら、『箱男』と題された小説は、おもとの語りの主がどこにいるのか、幾人かの「場合」と記された章の言葉の担い手がどこにいるのか判然とせず、映像ではなく言葉が、鏡のなかの鏡を見ているように、あるいはV字谷の先の光景のように、ずっと奥へと後退しつづけていく世界だからである。

冒頭には、のちに作中の記述との関係が明らかになる露出過多のネガフィルムが掲げられていて、それをめくると、《上野の浮浪者一掃／けさ取り締り　百八十人逮捕》という出所不明の新聞記事らしき三段組の文章が示されている。先の写真同様、誰が、どのようなタイミングでこれを差し挟んだのかわからない。新潮社《純文学書下ろし特別作品》におなじみの「函入り」単行本としての『箱男』は、このような仕掛けを用意したうえで、《ぼくの場合》と題された最初の断章を私たちに示す。

これは箱男についての記録である。

ぼくは今、この記録を箱のなかで書きはじめている。頭からかぶると、すっぽり、ちょうど腰の辺まで届くダンボールの箱の中だ。

つまり、今のところ、箱男はこのぼく自身だということでもある。箱男が、箱の中で、箱男の記録をつけているというわけだ。

私を魅了するのは、「今のところ」という表現である。「今」でなくなったら、どうなるのか。見ることが見られることに転ずる証拠としての集合写真を支配していたのも、「今のところ」としか記しようのない感覚だった。写真は時間を止める。ところが、その時が静止しているはずの写真のなかに奇妙な不安が渦巻いて、視線の混乱を誘うのだ。箱男を名乗る「ぼく」はすぐそのあとで、縦横それぞれ一メートル、高さ一メートル三十というなるべく目立たない規格サイズのダンボールの空き箱をいかに加工して「箱」を製作するか、その作り方について、淡々と、しかし微かな熱をおびた口調で語りはじめる。箱は彼にとって隠れ家であり、人目を避けるための覆いであるだけでなく、ごく限られた視野ながら、相手を観察するための装置でもある。ここで必要不可欠な要素は穴、すなわち「覗き窓」である。身体的な個人差を考慮しつつ、「ぼく」は一般論としてあくまで生真面目に、「窓の上縁が、天井から十四センチ、下縁がそれから、さらに二十八センチ、左右の幅が四十二センチ、といったあたりが無難なところだろう」と述べている。

低すぎるように感じられるかもしれないが、日常生活において上を見上げる機会などめったにあるものではない。むしろ下の線のほうが使用頻度が多く、影響力も大きいのだ。直立した姿勢で、すくなくも一メートル半先の地面が見えなければ、歩くのに難儀する。左右の幅については、とくに根拠はない。ただ、箱の強度と、通風に対する配慮から、適当に決めてみたまでである。いずれ床が筒抜けなのだから、窓は可能なかぎり、小さいにこしたことはない。

箱男にとっての窓は、空を見あげるためでも、遠い山並みを見やるためでもなく、足もとを確認するためのものなのだ。特徴のないダンボールでつくったカメラ・オブスキュラ。穴ひとつであればピンホールの原理で倒立像ができあがるのだが、箱男の窓は長方形のスリットだからファインダーに近い。実際、箱男だと言い張る「ぼく」の、箱をかぶる前の仕事は、写真家だった。箱のなかでカメラを手にしているのはそのためだ。暗箱のなかの暗箱。鏡のなかの鏡に似ためまいが、そこに生まれる。見るためのファインダーとしての窓は、見られる側からすれば恐怖の対象になる。自宅前にいる箱男＝浮浪者にAという人物が不快感を抱き、警察に相談すると、自分で交渉してみたのかと言われて不愉快になり、借りものの空気銃で箱男を撃つ。弾は右肩あたりに当たったはずだが、箱男の表情は見えないし、声も聞こえない。Aが立ち去ったあと、箱男の傷を見て、ひとりの女性が病院の場所を教えてくれる。だが、手負いの箱男は撃たれたあとすぐカメラを構えて、逃げていく犯人の姿をフィルムに収めていた。それが作品としての『箱男』の冒頭に掲げられている証拠写真になるわけだ。

ところが、ここで奇妙な逆転が起きる。犯人であるAは、箱男の存在に取りつかれ、自分も箱をかぶって試しているうち出奔してしまうのだ。ミイラ取りがミイラにの展開で、じっと見つめて攻撃しようとした男が、現実には相手にカメラのレンズを通して捕捉されていたのである。めまいはつづく。Aはなんと女性に教えてもらった病院の医師だったのだ。医師だと主張しているのはこの記述を担う語り手にすぎないのだが、見る者はすぐに見られる側にまわって、収拾がつかなくなってくる。箱男は思う。

箱をかぶって、ぼく自身でさえなくなった、贋のぼく。贋物であることに免疫になってしまったぼくには、もう魚の夢をみる資格さえないのかもしれない。箱男は、何度繰返して夢から覚めても、けっきょく箱男のままでいるしかないらしいのだ。

箱男である語り手の「ぼく」は、贋箱男となったAの物語を語ることによって、いつのまにか語られる側にまわっている。しかも箱にはある程度までの汎用性があるから、それをかぶってマニュアルどおり覗き「窓」をこしらえれば、ほとんど見分けがつかない。

ぼくとそっくりな箱をかぶって、ベッドの端に掛けていた。ぼくの位置からは、背中と右側面しか見えなかったが、大きさはもちろん、よごれ具合から、消えかかった商品名の印刷の跡まで、ぼくのと寸分違わないダンボールの箱なのだ。計画的に真似た、ぼくの贋物にちがいない。なかみは……

箱男は「今のところ」の自分だという留保がここで生きてくる。一人称はつねに「今のところ」の、仮設の、いくらでも取り替え可能な存在にすぎない。窓は、きわめて残酷な役割を果たしている。贋箱男は言う。

箱男なんて、気にしなければ、風やほこりみたいなものだよ。ぼく自身、そのことについちゃ、面白い経験があるんだ。何気なく撮った写真を、現像に出してみたら、画面の手前に、まったく予期しなかったものが、大写しになっていたのさ。ダンボールの箱をかぶった人間が、のこのこ通りを歩いているんだよ。君のように玄人じゃないから、子供だましのカメラだけどね。

語る行為が語られることに変転し、見る行為が見られる行為にすりかわる。しかも、

『箱男』と題された作品のなかに『箱男』の出現を待ち望むノートが存在し、すべてが箱男の幻想か、作中人物が作者を捏造するという二十世紀小説が生んだひとつの定型に収まっていく可能性もある。「ぼく」が書いていると主張しているそのノートは、べつの人間が書いているものかもしれないとさえ贋箱男は言うのだ。「そう、ぼくが書いているのかもしれない。ぼくのことを想像しながら書いている君を想像しながら、ぼくが書きつづけているのかもしれない」。全員が箱男になりうるのだから、「いったい誰が、箱男ではなかったのか。誰が、箱男になりそこなったのか」だけが問題なのだ。であるなら、冒頭の集合写真の面々も、他の写真の人物同様、みな箱男予備軍だと言えるだろう。窓の夢想は、鏡以上の力をもって、自分に自分を返してくる。窓から外を覗くことは、内側を覗くことに等しいのだ。窓を前にした戸惑いはいつまでも心の識閾（しきいき）にとどまって、書くという営為のなかからついに消えることがない。

球状の窓

毛細血管の構造図を眺めていたら、そこに「有窓性」という言葉を発見して驚いた。動脈と静脈を結び、組織細胞と物質のやりとりをするため毛細血管は一層で、非常に薄い。形状は三つに分類されているのだが、そのうち小さな孔が開いていて白血球や血漿を移動させ、老廃物を運び出せるような「窓」を備えたものを有窓性毛細血管と呼ぶらしい。窓には一定の幅があり、物質によって通す通さないがある。開閉には交感神経がかかわっているので、緊張したり疲れていたりする場合には流れる血液の量が適宜調整され、それが健康状態にさまざまな影響を与える。つまり、毛細血管レベルで見ればなおさら、これは生理的というよりも倫理的な構造だと言えるのだ。心的状態を整えるための窓は、ただの孔のような、やわらかい弁の形がいい。生き物を思わせる開閉装置は、想像上どうしたって円形になるけれど、窓の性質を有したこの孔に取りつける素材が膜や弁ではなくガラスだとしたらどのようなものがふさわしいだろうかと、私はそんな夢想に耽った。

一般的な円形の窓としては、まず舷窓が思い浮かぶ。客船や漁船のように開閉可能な丸窓もあれば、宇宙船や深海探査艇のそれのように密閉型にならざるをえない嵌め殺しもある。ガラスやアクリルには気圧や水圧に耐えられるよう特殊な加工が施され、深海探査艇などでは円錐状にした分厚いアクリルが使われているのだが、暗黒の世界が歪んで見えることはない。

ここで思い出されるのが、リチャード・フライシャーの『ミクロの決死圏』（一九六六）である。脳梗塞で倒れた科学者を救うべく、潜水艇に乗った医療団を特殊な装置で小型化して体内に送り込み、血管を伝って脳内に向かわせるという驚愕の筋書きだった。縮小状態は一時間ほどしかつづかない。体内の宇宙で起こるドラマは時間との闘いでもある。潜水艇の窓は血管の内部を十分に観察できる大きさで、平らなガラスが装塡されていたにもかかわらず、襲いかかる白血球を避け、血流に負けじと進んでいくその速度感ゆえに、画面は平らではなく魚眼レンズさながら、まるで観ているこちらの眼に、ふだんと異なる水晶体が入っているかのような、歪んだ印象をもたらした。

ある時期まで私は、人間の眼というものは虫眼鏡や顕微鏡の薄い凸レンズとちがって、窪みのところにガラスの球体がすっぽり収まっているのだと思い込んでいた。教科書でだったか図鑑でだったか、眼球の構造を図解で説明されるまで、それが薄いレンズとおびただしい神経からなる一個のシステムであることに思い到らなかったのだ。しかし、たとえば透明な水晶球のような、あるいはニシン漁に使うガラスの浮き球のようなものが入っていたら、外を眺め、みずからを見つめる窓が、たんなる円形ではなく球形だったら、世界はどのように映るだろうか。

もし人間に眼があるなら
ほんとうにものが見える眼があるなら
球状の子午線から
球状の窓から

球形の人間がなにか叫んだとしても
ふりむかないほうがいい

地球の極と極の点を結んでできる経線は、メルカトル図法でもランベルト正積方位図法でも直線になる。というより、それを直線で見せるために考案されたのが右の図法でもあるのだが、球体のどこか二点を結んだ経線はたしかに弧を描いているとはいえ、球状とは表現できない。子午線が球状だとするその感覚はなんとなく共有できても、ここでは窓も球状だとされており、文脈からして前の連の「眼」に連なっているのは明白だから、「球状の窓」と「眼」を等価として読みたくなる。窓が球状に見えないとしたら、それはこちらに正しい視力がないからなのだ。

先に引いた田村隆一『緑の思想』(思潮社、一九六七)の表題作は、三行ずつのユニットを一行空きで三十一個並べた切れ味鋭い短詩の集成である。緑の持つ色の強さ、若々しさ、やさしさに、思想という硬い言葉が組み合わされたこのタイトルは、しかし詩人の独創ではなく、詩集全体のエピグラフに掲げられているとおり、十七世紀の詩人アンドルー・マーヴェルの「庭」からの引用だった。

とこうする間に、心は些末な快楽から、
幸福の中へと引きしりぞく。
心はあの大洋、陸上の種がことごとく
おのれに似た種を直ちに見出せるところだが、
心はこれら有象無象を超えて創造するのだ、
遥かに異なる他の世界、他の海を、
ありとあらゆる被造物を消去しては
緑の木蔭の緑の思想に変える。

（星野徹訳『アンドルー・マーヴェル詩集』思潮社、一九八九）

マーヴェルの声を引き継ぐふりをして、『緑の思想』の詩篇は、とりあえず「水」「日没の瞬間——一九五六年冬——」「栗の木」「枯葉」「秋津」「雲見」などと題されている。描かれているのは「ありとあらゆる被造物を消去して」、それをもう一度、位置エネルギーに満ちた、つまり落下だけを待ち望む高所の言葉にするための、一種の虚無に似た気分だ。「そういえば／おれはどこにいても高さを感じたっけ／一篇の詩を書くだけで／おれは高所恐怖にかかるのだ」（「秋津」）。詩を書かなければ、高所恐怖症に陥ることもないだろう。しかし詩人が詩人でありつづけるためには、あえてその恐怖に耐え、「ある渦動状のもの／あまりにも流動的で不定形なもの／なにか本質的に邪悪なもの」（「緑の思想」）を受け入れなければならなかった。地球外生物であれ人間の妄想が創り出した思念の海であれ、形のないどろどろしたなにかが「魂の重力」となって、読み手の心に、身体に迫ってくる。「球状の窓」はその力に屈しないために用意された砦のようなものだ。

ならばその窓は、身体のどこに存在するのか。眼球を収める窪みになのか、それとも見えない脳髄の奥なのか。いずれでもない。恐ろしい圧力に耐える窓、もしくは外圧との差を無くしてしまう特殊な仕掛けをほどこした窓は、私たち人間の身体を覆う皮膚の表面にある。「二本の脚で直立し／多孔性の皮膚でおおわれた／熱性の腐敗性物質」（同右）。その皮膚の多孔性は、有窓性に等しい。皮膚は内側なのか外側なのかといった議論には踏み込まないでおこう。腐敗性物質を腐敗直前まで支えているのは、二本の脚ではなくて、「なにか本質的に邪悪なもの」を受け入れ、また排出するための孔なのだ。それは内と外の区別よりも、むしろ世界を部分と全体に分け、通常の窓を介した想像力よりもずっと大きい、致命的に孤独な認識回路になる可能性を秘めている。全部合わせればとんでもない距離に達する毛細血管の、宇宙的な数の孔のひとつひとつをどんなに観察しても、そこにどれほど精巧で柔軟な「球状の窓」を当て嵌めても、マーヴェルの言う「遥かに異なる他の世界」を摑むことはできない。邪悪なものとの闘いはつねに局所的でしかなく、闘いの場を、窓を、ひとつずつつぶしていかないかぎり先に進むことはできず、しかも先に進めば進むほど、限りのある全体が見えなくなる。緑の思想の本質は、「球体のなかにとじこめられている球体」（同右）なのだ。内側の球体から外側の球体のさらに外を眺めるには、どちらにも窓があって、それが一列に並んでいなければならない。球体のなかの球体にもうひとつ球体があると考えれば、宇宙は内向きに膨張していると言えるし、球体の外に球体があるとしたら、外に向かって膨張しつづけていると言えるだろう。いずれにしても、全体は見えない。あるのはつねに、部分だけだ。

全世界は炎と灰だ

燃えている部分と燃えつきた部分だ
部分と部分の関係だ

部分のなかに全体がない
いくら部分をあつめても全体にはならない
部分と部分は一つの部分にすぎない

（「緑の思想」）

田村隆一の詩篇には、ごく初期の頃から「窓」の語が数多く使われているのだが、「球状の窓」を扱ったこの詩ほど宇宙的な虚無を感じさせるものはない。簡単に燃えてしまう私たちの身体は有限のようで無限に近く、生きていたときの全体はいつのまにか消滅し、この部位とあの部位にすり替わってしまう。他者の身体もおなじだ。天使にさえ飛ぶことのできないはるか成層圏の高所から見下ろしたとしても、部分はどこまでも部分にすぎず、部分と部分を足しても全体にはならない。身体の表面がこのときブラックホールを抱えた宇宙の深さになり、毛細血管の窓の向こうには、測定不能な空間が広がっている。窓はもはやたんなる窓枠でも思惑でも当惑でもなくなって、「ふりむかないほうがいい」孔になる。人間とは、なんと孤独な生き物なのだろう。部分しかない世界を身体のうちに抱え、しかも部分しかない外の世界と対峙しなければならないなんて。縮小された潜水艇で腐敗性物質のなかに飛び込んだとしても、それがもし有窓性の血管の窓よりも大きかったら、循環する液体に流されるままいつまでたっても外に出ることができず、結局は有限のなかの無限に浸っているしかないのだ。その虚しさをいくらかでも解消するには、もともと歪みに支えられ、歪みをもたらす、不安定な「球状の窓」を使うよりほかかないのである。

韻を踏んだ四行詩

機能に徹した直方体の高層ビルを覆うおびただしい数のガラス板を、言葉の正しい意味で窓と呼んでいいのだろうか。はるか天上まで嵌め込まれたあの巨大な玻璃は、結局のところ全体を支える構造と一体化した壁と見なすべきで、それがたまたま透明だったというに過ぎないのではあるまいか。ガラス窓が大きくなるにつれて必然的に壁面の役割を果たすようになったのだと逆の言い方もできるけれど、ガラスの強度が壁そのものを丈夫にする仕組みは納得できることだし、あれだけ大きな建物の壁面が文字通りの壁であったとしたらあまりに息苦しくてとてもなかに居つづけることはできないだろうから、透明にして採光と視界を確保するのは当然である。

ならば、なぜ高層ビルの窓が窓でないような気がするのか。これまで私は、それがたんに開閉できないからだと考えていた。しかし、じつはそれだけではなくて、問題は数が多すぎることだと思い到ったのである。小さなドットが集まってひとつの色や形を表現していると考えるなら遠目に眺めたビルの灯りの美は美として受け入れられるのだが、建物の細部は本来、人間の身体の寸法を基準にして決められているのだから、窓にも適正な大きさと、その壁面だけを生かすような、つまり人の顔のように多少の歪みを前提とした均衡美があってしかるべきなのだ。

窓は穴でありフレームであると同時に、肺のように空気を取り込み、心に必要な酸素を住人に分かち与えるための装置であり、また、あの名作『ちいさいおうち』を持ち出すまでもなく、一戸建てのファサードにとっては表情豊かな眼でもある。数はそれほど多くない方がいい。一瞥できて、しかもこちらの胸になにかを訴えてくるくらいの数。一つ、二つ、三つ。あるいは、四つ。

四つの窓は韻を踏んだ四行詩。
海と空とが韻を踏んで部屋の中に吊るされている。
ヒナゲシは夏の手首にはまった腕時計。

時計が正午を告げる。
太陽の指はきみを追って髪をつかみ
光と風の中に宙吊りにする。

ヤニス・リッツォス『括弧Ⅰ』の「夏」（以下、引用はすべて中井久夫訳）と題された一篇で描かれている窓は四つである。シュールレアリスム風のイメージのなかを、暑く乾いたギリシアの夏の空気が流れていく。強烈な陽射しを浴びている真っ白な塗り壁に、その光を闇に転換する眼窩のように奥まった窓が穿たれ、カーテンがあってもなくても内部の様子はわからない家。語り手はそんな私の思い込みの前を素通りして、部屋のなかにいる「きみ」の姿を追う。ヒナゲシは赤、あるいは赤みがかった橙色だろうか。空と海の青が吊るされた室内で、小ぶりな花が太陽のように燃える。夏の手首はそのまま「きみ」の手首になって明るい闇を激しい恋の風で揺らす。
ただし、「きみ」が室内にいると断言していいのかどうか、よくわからない。ヒナゲシは鉄路の脇や休耕地、あるいはちょっとした空き地の隅など、いろんなところで日常的に見かける多年草だが、モネの絵にあるとおりあくまで野の花であって、摘んで活けてもあまり日持ちせずに、一日二日経つとしおれて花弁が落ちてしまう。夏の時間を長く刻む腕時計とするには、大地に残しておくべき花なのだ。読者は「きみ」を屋外に寝かせておきたいと思い、同時に、気怠い午後への序章として、屋内の、少し陰になったベッドに横たえておきたいと望む。だから「きみ」の居場所は確定しない方がいい。そもそも、ここでの「きみ」を、語り手が自分自身に語りかけていると取るか、愛しい異性と取るかで解釈は変わってくる。一九〇九年生まれのリッツォスは、五四年に「エーゲ海東部サモス島の小児科医ファリッツァ・イェオリイアジス」と結婚している。『エロティカ』と題された詩集で描かれているのがその妻の姿だとすれば、髪を梳く指の連想から、先の詩で太陽の指に摑まれた「きみ」は最愛の女性でしかありえない。

きみは市場から還ってきた。きみの笑い。パンと
果物と思い切り大きな花束を背に、きみの髪に
風の指が漉(ママ)いた跡を残して——。何度もいうけど
そんなことをする風は嫌いだ。ところで、

そのたくさんの花束、何をしたくて？　花屋のやつが選んだのはどれ？
風にまで嫉妬する語り手にとって、世界を切り取り、「きみ」をつなぎ留める枠としての窓は、通りに面した、人の背丈で届く位置になければならないだろう。それは壁面ではなく開口部であり、自由に閉じられる遮断装置だ。『括弧Ⅰ』に収められた詩篇には大切な「きみ」のための窓がしばしばあらわれるのだが、その窓は太陽のない日であっても機能する。「最後の賛成」と題された一篇の、冒頭の四行に登場する窓は、雨のなかで開かれる。

雨は一本の指で窓ガラスをはじいた。
窓は内側に開いた。窓から見えるいちばん奥に
見知らぬ人の顔と何かの音――きみの声だって？
きみの声はきみの耳を信じなかった。

視線は外から内へと侵入し、声ならぬ声をまとった人影に近づく。語り手は雨の指

となって硬いガラスを弾き、したたり落ちる前にそれを内側へと開かせて、週末の夜には高窓から侵入した音楽が古い記憶を攪乱するだろう。「きみ」を想い、「きみ」を追うためにある窓の外の、どこと特定できない奇妙な位置に吊られたカメラが複数の焦点を生かして愛しい女に近づき、遠ざかる。そこに残されるのは人肌の孤独である。「この窓は孤独。／あの星も孤独だ。」（「結論」、『括弧I』）とリッツォスは書く。窓は単数、星も単数だが、それらはたちまち複数に転じうる。四つの韻を踏んだ窓と窓は、孤独と愛を介して互いにつながっている。音綴が等しくても単語の姿がちがい、韻は踏まれていても一行の意味は大きく異なる。規格サイズのようでいて微妙にずれている窓がこうして並んだ瞬間、高層ビルのそれとは別次元の物語がはじまるのだ。

開かれた窓が、なぜこれほどにも読む者を揺さぶるのかといえば、たぶん、視覚や触覚だけでなく、五感のすべてが刺戟されるからだろう。強烈な陽射しはいったん私たちから視力を奪って黒の世界に陥れ、しかるのちにぼんやりとした影の認識を許してくれるのだが、わずかな時間のあいだに、雨は「きみ」の匂いを、「彼」が吸った煙草の香りを誘い出す。

煙が煙突から出てゆく――
まだ窓がしまったままの部屋にこもる
熱気の秘密が　もれてゆくみたいだ。

（「香がくゆる」、『括弧Ⅱ』）

五感を揺るがすには、そして韻を踏むには、規格どおりの窓ではだめなのだ。リッツォスの詩のモダンな香りがモダンなまま崩れて、営みのあとで火照った身体の「熱気の秘密」を守ろうとするとき、言葉はやはり「熱」というタイトルを得て（詩集『はるかなる』）、以下のように展開する。

小さな四角の永久運動
一つが一つを貫いて
一つが一つから出てくる
建築され
解体される

窓に窓がかさなる　まち
右とひだりと　ふたつの隅が　持ち上がる
その　高さは　ちぐはぐだ

韻の踏み方がここで記される。行末から行末へと音を合わせるのは、響きを戸外に出すためではなく永久にめぐらせ循環させるためであり、窓に窓を重ねるためでもある。私を魅了するのは、重なりながらも重ならない、高さがちぐはぐの、不揃いな窓だけに許された表情だ。リッツォスはそのずれを利用し、絞り優先で事物を捉える。「きみ」も「彼」も「風」も、そのいびつな窓の韻のなかで描かれ、音のない向こう側の世界がガラス越しに描かれるのだが、画家でもある詩人の映像は、モンドリアン風の碁盤目のような構成をたおやかにデフォルメしてできあがったものかもしれない。奇妙なのは、そのようにデフォルメされた映像がかぎりなく透明で、かぎりなく澄みわたり、最後には驚くほど飾り気のない南中した太陽の光の筋に変容することである。彼の詩は建築と解体を繰り返されながらも、「ちぐはぐ」と歪みが必ずしもおなじ範疇に収まらないように運ばれていく。窓と窓を結んでできた楽譜の動きは、夏、太陽ばかりか月の光も取り込み、高い空を見あげることも、つるんとした壁面に映える空に惑わされることもなしに、しんとやさしい静寂をもたらしてくれる。夏が来て強い光を浴びるようになると、だから私はリッツォスの詩を読み返す。街の騒音がすべて止み、道の韻が踏まれるのを待ちながら。

八月の月が錫のポットのように台所できらめいています。
（きみに語るためにこういう言い方になるのです）
月が人の住まない家に灯をともします。
家にはじっとひざまずいている静けさが。
静けさとは　いつもひざまずいているものです。

（「単純性の意味」、『括弧Ｉ』）

窓は、その人のいない家に灯された光を外に伝える。ぼくに、私に、「きみ」以外の誰かに、はっきりと伝えて壁から外れ、床の高さにまで降りてきてひざまずく。そして、渾身の静けさで、錫のポットに入れた光の言葉を、私たちに供してくれるのだ。

世界の初期設定

ある時期、おそらく二十世紀半ば過ぎくらいまで、少年たちの行動範囲内には、原っぱがあり、高台があり、未舗装の道路があり、泥濘があった。切り通しの土手のようにほんの数メートルの高さでさえ世界の認識を変えるには十分だったし、ふだんの目線をずらしてみるという行為は、ある意味で少年としての生活をつづけていくために必要不可欠の儀式でもあったから、たいていは誰もが秘密の場所をひとつふたつ持っていた。ときにその秘密は仲間のあいだで共有され、週に何度かは学校帰りに立ち寄り、土地の神秘が消え失せていないかどうか、また、その神秘を受け取る力が失せていないかどうかを確認していたものだ。

好みというより実際問題としてそのような場所が少なかったから貴重に感じられた

のかもしれないのだが、私の周辺にいた友人たちは、見晴らしのよい、高い土地をいつも探し求めていた。山腹を次々に削って段状に造成されていく建て売り住宅地の、その工事途上のでこぼこを抜け、かろうじて残されている木立を縫っていちばん高いポイントに向かう。毎日のようにみんなでうろついている町をそこから見下ろしたときの、不思議な感覚。世界はひとつではないということを、この時期に遊びのなかで学んでいるかどうかが、大人になってからの感性領域を決定づける。

谷間と呼べるほどではないけれど、小川の流れる低い聖域や、両脇に家が建ち並んでいる平地では、よくマンガや映画で見た、身をかがめて股のあいだから覗く方法を試みた。世界の上下を入れ替える過激な転換法だが、自然の高低を生かした世界観の微調整ではないから、あまり長くやっているとめまいに襲われそうになる。天地が逆になった瞬間、私たちは束の間の未熟な創造主となり、空を下に従え、大地を宙に浮かせて、人々から重力を奪うのだ。

両手の親指と人差し指を九十度に広げて上下に連結し、長方形の枠を作って世界を切り取ったこともある。両腕を伸ばした状態でこの窓越しに景色を眺め、しかるのちに左右の眼を順番に閉じてみる。左眼を閉じて右眼だけで窓を見るとなにも変わらないのに、その逆にしてみると、私の場合は枠が右にずれて景色を改変してしまう。ずっとあとになって、それが利き目の調べ方であることを知った。私の利き目は右だったのだ。両眼で見ているとは言っても、世界のデフォルトは右眼で構成されていたわけで、少年野球をやっていた頃、右利きなのに左打席に立つ方がボールに当たる確率が高かったのもそのためだとわかった。バットは右手で引き、左手は添えるだけなのに、点と線が交わることで接点が増えたわけである。

指でこしらえた窓は、それぞれ歪み率がちがう。左右の像の重なりも補正の幅にもばらつきがあって、均一ということはありえない。それなのにおなじ景色を見ていたと表現することは許されるのだろうか。私にはわからない。しかし、少年たちがその偏りを隠した両の眼で指の窓の向こうに未知の世界を見出そうとしていたことは確かで、変哲もない通りが突然秘密の場所の重さを得て忘れがたいものになっていくのを、彼らは肌で感じていた。というのも、窓をこしらえるのは昼間だけではなかったからである。夕闇のなかで、ときにはすっかり日が暮れたあとでも、変わりゆく空気のなかに畏怖に似たなにかを摑み取ろうとしていたのだ。

ある夏の日、遊び仲間にひとり、転校生が加わった。隣県の山あいの町からやってきた彼は、私たちの奇妙な儀式に立ち会うと、ぼくが生まれた町では、指の窓は親指と人差し指で丸にするんだと言って、眼鏡屋のレンズ調整に使うような円をつくり、こうすると夜目が利くんだと胸を張った。そんな馬鹿な。嘘か真かを調べるために、盆踊りの晩、仲間たちと闇深い神社の境内に忍び込んで、夜の視力がどの程度のものかを検査したこともある。以前住んでいた町の大人たちは、そうやって、狸や狐や梟や、とにかく異なるものを目で捉えていたと胸を張るので、私たちも適当なところを指差して、あそこにどんな動物がいるか当ててみろと回答を迫った。すると彼は、動じることなく、お化けみたいなものがうずくまっていると断言したのである。指の窓が日常から遠く離れた世界を覗くための穴だとしたら夜に力を発揮するのは当然だが、昼のうちでも不可視の存在と交感するための道具になるのだ。

安房直子に、「きつねの窓」と題された短篇がある。かつて私はこれを、『風と木の歌』（実業之日本社、一九七二）で読んだ。主人公の「ぼく」が、歩き慣れているはずの山で道に迷い、ふと気づくと、いつもの杉林が青い桔梗の花畑になっている。引き返すにはあまりに魅力的な光景だったし、いい風も吹いているので、「ぼく」はそこでひと休みしていくことにした。すると、目の前を白いきつねが横切った。「ぼく」

は猟師なのだろうか、鉄砲を持っていてすぐに後を追うのだが、見失ってしまう。そのとき、背後から妙な声が聞こえた。振り向くと《そめもの、ききょう屋》という看板の掛かった店があり、きつねが化けたと覚しき男の子が立っていて、ここでなにかを染めていかないかと誘う。とくに染めたいものはないと断ると、ならば指を染めましょう、指を染めるのは、とてもすてきなことなのだとなおも勧め、相手の不安を取り除くために自分の手を見せた。

小さい白い両手の、親ゆびと、ひとさしゆびだけが、青くそまっています。きつねは、その両手をよせると、青くそめられた四本のゆびで、ひしがたの窓をつくって見せました。それから、窓を、ぼくの目の上にかざして、

「ねえ、ちょっと、のぞいてごらんなさい。」

と、たのしそうにいうのです。

しぶしぶ覗いてみると、そのなかに真っ白なきつねの姿が見えた。ずっと前に鉄砲で撃たれた母ぎつねだった。

青で染めるための花として桔梗が使われているのは、それが花言葉で変わらない愛を意味するからだろうか。物語にはまだ先があるのだが、二十一世紀のいま読み返してみると、この青い指の枠にはやはりあの熱を出さない新種の光を連想させるところがあって、右の描写から体温の有無は察せられないものの、すでに死者たちの棲まう世界に入り込んでいるような気がしてくる。子狐が母狐を想う物語は、「葛の葉の子別れ」を挙げるまでもなく、古来、数多くの事例があって、おそらく著者はその定型を踏まえているのだろう。そして、一九七〇年代に読んだこの物語を、のちに柳田國男の『こども風土記』（朝日新聞社、一九四二）を開いたとき、そうかと合点がいくかたちで私は生き直したのである。「狐あそび」と題された章に、江戸時代の『嬉遊笑覧』（一八三〇）の引用として、こんな一節が紹介されていたのだ。

鬼ごとの一種に、鬼になりたるを山のおこんと名づけて、引きつれて下に屈み、ともともつばな抜こ〱と言ひつつ、茅花（つばな）抜くまねびをしてはてに鬼に向ひ、人さし指と大指とにて輪をつくり、その内より覗き見て、是なにと問へばほうしの玉といふと、皆逃げ去るを鬼追ひかけて捕ふる也鬼ごっこなどの囃し文句には、さまざまな地方の言葉が混じる。誰を鬼にするかの鬼決めの言葉を柳田はいくつか紹介しているのだが、鬼を山の「おこん」、つまり狐さんとして、茅の花を抜く真似をする。そのとき、山のおこんである鬼と、遊びに参会している者たちのあいだを画するのは、「人さし指と大指」をつなげた丸い窓だけである。この窓を、視線とともに「是なに」という声が抜けていくことによって遊びがはじまるのだ。参加者が窓の向こうに見ているのは、じつは異界に住む鬼にほかならなかったのである。他愛ない遊びのように見えて、そのじつ、逃げていく子どもたちは、下手をすると生死を分ける境界線を越えてしまうことを理解していたにちがいない。

かつて私が土くれや草の葉や鉛筆や自転車のタイヤのグリスで汚れた指でつくった四角い窓にも、そのような、誰のものでもない、ずっとむかしから土地に染み込んでいる鬼の恐怖に似た残留磁気が作用していた気がする。安房直子の「ぼく」は、狐の指の「ひしがたの」窓に心を打たれて、みずからも指を染める。しかし、そこに映し出される資格を持つのは、命を奪われた者だけなのだ。「ぼく」がいちばん大切にしていた存在がそこに浮かびあがったとしても、時間は止まったまま二度と帰ってこない。失われたものばかりが強く意識されて空虚が増大していくのである。それでもい い。いまがどれほど悲しくても、恐ろしい死と隣り合わせの景色を、四角のなかに、輪のなかに保っていたい。いくら願っても、魔法はつづかない。子どもたちにはそれもわかっている。所詮、鬼にはかなわないのだ。鬼に会えなくなるということじたい、負けに等しいのだから。

少年たちは一日の終わりに、場所の奇蹟を、そして指の窓の奇蹟を順番に失う。家に帰ってただいまと大声で言い、命じられる前に無意識の状態で手を洗えば、自然の窓枠に塗り込められていた地味な文様も洗い流され、清潔な指が現出する。その瞬間、世界はふたたび、利き目がもう一方の歪みを正してできた、さみしい初期設定へと戻されてしまうのである。

輸入された鼠

異なる題名の付された三つの小品をひとつの組曲のようにまとめるとき、それらすべてを包括しうる総題を見出すのは案外難しい。一冊の本であれば、お気に入りの一篇を表題作にしたり、まるで無関係の言葉を引っ張り出したりしたとしてもたいして問題にはならないのだが、短い作品を三題噺のように並べた場合、どれかひとつのタイトルを全体に冠すると均衡が崩れてしまうことがある。

たとえば、「鼠」「三人」「一等戦闘艦××」と題された掌篇がこの順序で配されていたとしよう。どの表題を採用しても、全体をくくるにはなにかが足りない。もちろん、単語レベルで想像力を働かせ、船に鼠はつきものであり、排除すべき厄介者であって、人間ではなく鼠のように扱われている水兵が三人いるなどと無理やりつなげていくこともできるのだが、まとめて読者に差し出すとなると、もうひとひねり欲しくなる。「三人」では淡泊にすぎ、「一等戰闘艦××」ではあまりに物騒だ。なかでは「鼠」が最も思わせぶりで魅力的に映るだろうか。

六月、雨模様の港に、一等戦闘艦××が入港し、何日か停泊する。接岸すれば物資が行き来し、それにまぎれて鼠たちが船内に侵入してくる。繫留索を伝って入り込んでくる鼠たちを食い止めるために、停泊中の大型船には、船側に鼠返しの役目を果たすラットガードが取り付けられている。かつては船内に猫を飼って鼠獲りを任せていたことも知られているが、猫に船酔いがなければ、なるほど有効な手段だろう。事実日本にいる猫たちは、遣唐使の船に乗ってやってきた中国の家猫の子孫だとどこかで聞いた覚えがある。嘘か真か、船で渡来した以上、彼らの役割は船員たちの心の慰めであると同時に鼠退治にあったわけで、用心棒の手をすり抜けた鼠たちは穀物を食い散らかし、経典を齧って、好き放題にあばれたことだろう。

風だけが頼りの船なら、その程度の心配で済む。しかし二十世紀の戦艦になると、衛生上の問題は言うまでもなく、機械室に入り込んだ鼠が電気系統を止めてしまうという最悪のシナリオも考えなければならない。鼠たちが瞬時にショートして息絶えるさまを思い浮かべるのはあまりに辛いけれど、船がそれで止まってしまっては元も子もないのだ。それでも鼠は増える。船上の責任者は猫の代わりに部下たちをけしかけて鼠退治に走らせ、ただ命じるだけでは効果が薄いと考えて、一匹捕まえた者は一日の上陸を許すといった条件をつけたりする。だから、「鼠」と題された章において、次のような描写が成り立つのだ。

　或雨の晴れ上つた朝、甲板士官だつたA中尉はSと云ふ水兵に上陸を許可した。それは彼の小鼠を一匹、——しかも五體の整つた小鼠を一匹とつた爲だつた。人一倍體の逞(たくま)しいSは珍しい日の光を浴びたまま、幅の狭い舷梯を下つて行つた。すると仲間の水兵が一人身輕に舷梯を登りながら、丁度彼とすれ違ふ拍子に常談のやうに彼に聲をかけた。
「おい、輸入か？」
「うん、輸入だ。」

渋く、あやしげな会話。このやりとりをA中尉は耳ざとく捉えて、Sを呼び返す。

輸入とは、要するに外から持ち込んだ鼠ということにほかならない。なんのために？もちろん、鼠を捕まえたことにして上陸許可を得るためである。Sは答えない。中尉は殴る。そして、外から鼠を運んできたのは誰かと問い詰めると、Sは妻ですと白状する。面会のとき、菓子折に隠して持ってきたのだという。Sは妻と二人暮らしで、子どももない。中尉は横須賀のどこに住んでいるのか住所を確かめたうえで、上陸は許可しない、あっちへ行けと追い払い、再度呼び止めて、おまえの住んでいる町に「クラッカア」を売っている店があるかと尋ねる。はい、と答えたSに中尉は、一袋買って来いと命じる。鼠に責任はないけれど、厄介者として登場したこの小動物はA中尉の善行を引き出し、読み手をもほろりとさせる。こんな内容なら、たしかに「鼠」という題も悪くない。

では、それと「三人」はどのようにつながっていくのか。舞台は船上、いや、艦上である。一等戦闘艦××。ふたつの×にどんな文字が挿入されるかによって「鼠」の艦とはべつになる可能性があるのだが、ここに登場するのはAではなくK中尉だ。海戦を終え、背後に五隻の軍艦を従えて鎮海湾を航行中である。月明かりに照らされた甲板で、K中尉は三人のことを思っている。一人目は、海戦前に甲板で会って話した若い楽手で、彼は腹ばいになって聖書を読んでいた。中尉はそれを咎めなかった。だがその楽手は、海戦で砲弾に倒れた。二人目は、戦闘開始間際に、大砲の砲口の蓋を開けようとして海に落下し、投げられたブイに取りついたものの、引き揚げられることなく消えた水兵である。二人の死を思いつつ、作家志望で「モオパスサン」を愛読していたK中尉は思う。

樂手の死骸の前には何かあらゆる戰ひを終つた靜かさを感じずにはゐられなかつた。しかしあの水兵のやうにどこまでも生きようとする苦しさもたまらないと思はずにはゐられなかつた。

さて、残る一人、すなわち三人目は、「副長の點檢前に便所へはひつてゐた」罰として立たされていた下士官である。これでは部下に示しがつかないと訴えていたその下士官は、罰則に耐えたあと遺書を残して行方不明になり、しばらくして煙突のなかで縊死しているのを発見される。この三つの死がK中尉の心に深い影を落とし、「彼はいつか彼等の中に人生全體さへ感じ出した」。静かに最期を待つ心と、かすかな生の可能性にしがみつく心のせめぎ合い。先のA中尉もこのK中尉も、自分自身をじつに客観的に見ている。なにかに苛まれている当人が、胸のなかに深く巣くう苦しみを、半歩退いてまるで陶器の見本でも眺めているみたいにじっと観察しているのだ。それでいながら、苦しんでいる対象にもすっと無理なく入っていく。これほどの苦悶とこれほどの覚醒を共存させていることを、周囲の人間は誰も気づかない。A中尉もK中尉も、みずから語りはしない。K中尉などは外から表情が読み取れない状態に陥っている自分さえ醒めたまま観察し、逆に周囲からは評価されて海軍少将にまで昇進する。

なかば死を望みながら肥大化していく彼らは、三幅対の最後となる「一等戦闘艦××」において、ついにこの戦艦そのものに同化するだろう。タイトルとして物騒だと言ったのは、戦ではなくて、「鼠」と「三人」に登場した人物たちが巨大な鉄の塊になるという自意識の延長が不穏だからである。意識を得た一等戦闘艦××は、いま修理のために横須賀軍港のドックに入っている。おなじ軍港に、若い軍艦△△も停泊していたのだが、ある午後のこと、この△△の火薬庫が爆発し、戦わずして海に沈んでしまう。××は両舷の水圧を失い、甲板も乾割（ひわ）れを起こして、終わりが近いことを意識しはじめる。

来るべき最期を意識した××の独白で、三つの流れがひとつになる。以上の内容も踏まえると、総題は「鼠」「三人」「一等戦闘艦××」のどれでもよさそうに感じられるから不思議なものだ。淡泊すぎる点もあるけれど、悪くはない。しかし書き手は、つまり芥川龍之介はそうしなかった。彼がこの三篇の総題に選んだのは「三つの窓」である。ならば、いったい右の物語のどこに窓があるのか？　はっきり窓という単語が記されているのは、「鼠」の末尾、A中尉が、上陸したSの妻からもらった手紙の件で、同僚のY中尉から「善根（ぜんこん）を積んだと云ふ氣がするだらう？」と冷やかされたあとの描写のなかだけである。

　A中尉は輕がると受け流したまま、圓窓（まるまど）の外を眺めてゐた。圓窓の外に見えるのは雨あしの長い海ばかりだつた。しかし彼は暫くすると、俄かに何かに羞ぢるやうにかうY中尉に聲をかけた。
「けれども妙に寂しいんだがね。あいつのビンタを張つた時には可哀さうだとも何とも思はなかつた癖に。……」

円い窓は、「ガンルウム」にある。直訳すれば銃器室だ。これはかつて、銃器を置く場の管理を誤らないよう士官室の隣に設置し、下士官たちを見張りにつけさせたことから海軍用語で士官次室と呼ばれるようになった空間で、A中尉たちの周りに大量の武器が置かれているわけではない。けれど、三篇の物語に登場する主人公は、いずれも自身のこめかみに銃口を突きつけているような厭世観、悲壮感を感じさせ、その負の匂いが、逆に落ち着きのある相貌を生み出していたとも言えるのだ。円窓は銃口であり、向こう側への突破口であり、嵌められたガラスは自身を映し出す鏡にもなる。他の二篇に窓は出てこないとはいえ、このような捉え方は、いちばん外側の円にいる作者が内側で生起していく言葉を眺めるための穴なくしてできないものだろう。

芥川龍之介が「三つの窓」を書きあげたのは、本文末尾に記されているとおり、一九二七年六月十日。三様の自己を凝視したあと、彼は翌月二十四日、みずから命を絶った。書斎はそのとき、死を輸入し、ペンを手にする人の、まぎれもないガンルームだったのだ。

＊引用は『芥川龍之介全集』第八巻（岩波書店、一九五五）に依る。

語りの高い窓から

田中小実昌が再現するフィリップ・マーロウの一人称は、鏡の裏箔を備えた呼吸の窓である。裏と表があり、表と裏があって、「私」をきわどく分離する。地の文は「おれ」で語られているのに、その「おれ」が直接話法で語るときにはなぜか「ぼく」になるのだ。

おれは帽子を娘の机の上におき、そのへりに火をつけないままのタバコをのせた。「ぼくのことはなにもしらずに、ミセズ・マードックはよびつけたのかね？」

レイモンド・チャンドラーが長篇第三作となるこの『高い窓』を刊行したのは、一九四二年。邦訳は五九年のことで、ハヤカワ・ポケット・ミステリ第五一三番に収められている。チャンドラーの紹介は、五六年の双葉十三郎訳『大いなる眠り』を皮切りに、同年の清水俊二訳『さらば愛しき女よ』、五七年、おなじく清水訳の『かわいい女』、五八年『長いお別れ』、五九年の田中訳『湖中の女』と、五〇年代に集中的になされている。右の『高い窓』のミセズ・マードックはマーロウの依頼人で、彼はこの場面ではじめて彼女に会いにいくのだが、田中小実昌の小説、とくに初期の作品群に親しんでいる読者は、この「おれ」に的屋の口上のような、無頼なリズムを感じ取って笑みを浮かべるかもしれない。適度に力の抜けたこんなマーロウが、ずいぶん長いあいだ日本語のなかに居場所を与えられていたのである。いまの翻訳基準に合わせるならば、たぶん言葉をさらに切り詰め、とくに会話部分の「ぼく」を「こちら」としたりして、一人称のやわらかい分裂を防ぐよう努めるだろう。

しかし、私立探偵フィリップ・マーロウは、田中訳ではなく、清水訳による冷静沈着でかすかな自己愛に浸された一人称を駆使する語り手として広く親しまれるようになった。チャンドラーが残した七冊の長篇小説のうち四冊が清水訳であり、マーロウといえば清水訳という図式ができあがっていくにつれて、読者はすべてのマーロウを同一の訳者による日本語で読みたいと願うようになる。そして、その思いは訳者にも共有されていた。言い換えれば、七冊の長篇のうち他の訳者が残した作品の新訳を試みるということである。

清水俊二があらたに手がけたのは『大いなる眠り』以外の二冊、つまり田中小実昌訳の『湖中の女』と『高い窓』の新訳だった。もちろんコミさんの了解を得てのことである。ただし、清水俊二は後者の完成を待たずに八十一歳で亡くなったため、残りは弟子の戸田奈津子が師の文体を模しながら補訳するという思わぬ展開になった。厳密には共訳となるそのハヤカワ・ミステリの『高い窓』新版が出たのは、一九八八年九月。刊行と同時に買ってひと息に読み終えた私は、当然のこととはいえ、田中小実昌の日本語とのへだたりを前にして、翻訳の奥深さをあらためて考えさせられた。右の引用を清水訳で示す。

私は帽子を彼女のデスクにおき、火をつけてないタバコを帽子のふちにおいた。
「夫人は私のことを何も知らないで私を呼んだのですか」

この箇所だけ見ると、時代的にはあとになる清水訳の方がいくらか堅苦しい。地の文と会話のなかとで差異が生じないよう慎重に選ばれたはずの「私」の抽象性が、短いあいだに二度繰り返されることで、逆に重いものになっているのだ。清水俊二が創出したマーロウの言葉遣いは、ときにこうした、ややくどいほどの一人称の反復によって支えられている。もっとも、私立探偵は自分から売り込むのではなく依頼を受けて仕事を開始するわけで、蜘蛛の巣のように人脈の網を張って相手がこちらにやってくるのを待つしかないのだから、はじめて会った人物にいきなり「おれ」を使うのはいささか乱暴にすぎる。「私」はその意味では中性的であり、同様の効果を狙ってか、双葉十三郎のマーロウも「私」を使っていた。

田中訳でも、たとえば終始一貫「おれ」で通せば、全体に別種の調和が生まれたことだろう。しかし、地の文と会話文のなかの人称をおなじにしないという処理は、すでに過去に属している「ぼく」の事件を「おれ」が慎重に再構成し、あたかも現在の事件であるかのように見せかけるための方法だと考えることも可能なのだ。一人称でなにかを語ることの困難は、そして困難であるがゆえの楽しみは、ふたつの時間のずれをどのように統御し、どのように隙を設けて破綻させるかにある。つまり、田中小実昌の訳文における、目的もなしにだらだらと書き進めていくずぼらな印象は、「おれ」の文体と響き合っているように見えて、じつはかなり意識的に語りの困難を引き受けている結果でもあるのだ。「おれ」と「ぼく」の交錯は、あちこちで物語に微妙な亀裂を走らせる。


「ぼくはべつにタフじゃない。ただ、少し男性的なだけだ」

娘は鉛筆をとりあげ、メモ用紙になにか書いた。そして、すっかり落着きをとりもどし、おれを見あげて、かすかにほほえんだ。

「きつと、わたしは、男性的な方はきらいなんでしょう」

「きみは、左まきだよ。もし、左まきのお嬢さんがこの世のなかにいたとしたらね。さよなら」


人称の選択のみならず、語調も改行の相異もじつに興味深い。原文を当たると、「タフ」は virile、「左まき」は、screwball。スクリューボールという変化球を田中小実昌は「左まき」と訳しているのだが、これは他の部分にも散見されるくだけた話し言葉の用い方と呼応するもので、人物に対してだけでなく、情景描写にさえ軽みを与える「作家」の文体と不可分である。この一節の清水訳は以下のとおりだ。

「私はタフガイじゃない」と、私はいった。「おとなのつもりだがね」
彼女は鉛筆をとり上げて、メモ・パッドに何かのしるしを書いた。落ちつきをとり戻して、私にかすかな微笑を見せた。「おとなをひけらかす男はあまり好きじゃないわ」と、彼女はいった。
「君は変わってる」と、私はいった。「つかみどころがない。では……」

清水俊二は「おとな」に傍点を振って、ただ身体が屈強なだけでなく、成人男性にふさわしい振る舞いをするとの意味でタフガイを重層化している。マーロウの台詞として人気の高い、例の「男はタフでなければ」に見られるとおり、タフという言葉のイメージは男性的だが、マーロウ自身は——田中小実昌のマーロウは——作中で、ほかならぬミセズ・マードックに対しても、「あなたはタフじゃない。自分でおもつてるほど、けつしてタフじやない」と述べている。そして、ここでのタフは、文字どおりの tough なのである。「『私はタフガイじゃない』と、私はいった」に使われている「私」の反復が生み出す効果は、このあたりまで来ると、くどさや重さを通り越して、音楽的なものになっている。地の文と会話文の主語を一致させてはじめて生まれる流れを断ち切ったことによって、「おれ」が担っていた語りの現在の前景化は、ここで完全に無効化された。

ずっとのち、田中小実昌は、語る行為にまとわりつく時間のねじれと物語ることの不可能について、『ポロポロ』（中央公論社、一九七九）に収められた短篇群のなかで、「ぼく」という一人称を駆使しながら考察していくことになるだろう。ただし、そこでの一人称は一種類しかない。あとから振り返って語るという詐術を詐術としてまっすぐに受け止め、しかもそうやって語る行為を彼は「おはなし」に回収しない。語ることは、過去の事実を高い窓から見下ろすことであり、また、過去における現在に飛び降りたくなる誘惑に打ち克つことでもある。タイトルに謎を解く鍵が隠されているので筋書きを記すのは差し控えるけれど、チャンドラーの『高い窓』においては、原文の一人称《I》が「おれ」と「ぼく」に分裂して語りを担っていくところに、「タフ」な輝きが潜んでいた。高い窓は天窓ではなく、単に高い位置にある窓の意。高ければ高いほど位置エネルギーは増して、落下の衝撃も大きくなる。そのぶん、虚構の度も大きくなるのだ。

語りは、事実を述べるのではなく、なんらかの意味を先に決め、そうなるように過去を再構成してはじめて語りになる、と田中小実昌は考えていた。「意味によって、具体的なことも、あれこれかわってくる。ほんとに具体的なことなど（ほんとに、なんて言葉が、またウソっぽくなるが）今のこの瞬間にしかない」（「ナオちゃんと」、『また横道にそれますが』）。だとすれば、この「今」とは、過去を再構成している「おれ」の「語りの現在」としか考えようがないだろう。「意味から事実が再構成され、それが、事実になってしまう」（同右）苦しみのなかに語り手はいるのであり、だからこそ、田中小実昌のフィリップ・マーロウは「おれ」と「ぼく」を読者に突きつけて、再構成の証拠を、語りの高い窓から、あっけらかんと指し示すのである。

配水管と避難梯子の先にある空の下で

古書店の書影入りカタログで、フィリップ・ラーキンが一九七四年に刊行した最後の詩集、『高い窓』*High Windows* の初版を見つけた。表紙カバーの上部三分の一が灰色、残り三分の二がややベージュがかった白という配色で、前者に白抜きで二段組みの書名が、後者にはグリーンで著者名がおなじく姓と名を分けたかたちで入っている。出版社の表示のない、じつにあっさりしたデザインである。かつて英米文学の古い注釈付き読本でこうした装丁のものを見かけると、読むのではなく「顔」を味わうために仕入れたものだが、ラーキンの詩には、平明な曖昧さとも称すべき言葉の運びによって世界を抽象化してしまいかねないねじれた力があり、その抽象性が思い切ったカバーによく表現されていた。しかし今回は思いとどまった。手持ちのペーパーバックで不足はないという気持ちと、もうひとつ、ラーキンに関しては『高い窓』だけに惹かれているわけではないとの理由からだ。

イギリスの国民詩人と呼ばれるほど読者に愛されていたラーキンは、一九八五年に六十三歳で没している。ところが、その質素で衒いのない作品世界から理想化されていた詩人像は、死後に刊行された差別的言辞にあふれる書簡集や、それを裏付ける奔放な女性関係を明かす伝記によって、百八十度その姿を変えてしまった。現在でも評価は二分されているようだが（高野正夫『フィリップ・ラーキンの世界「言葉よりも」愛を』（国文社、二〇〇八）参照）、詩人と伴走して生きたわけでも作品すべてを年代順に読んできたわけでもない異郷の読者には、なかなか想像しづらいことだ。『北航船』（一九四五）、『欺かれること少ない者』（一九五五）、『聖霊降臨祭の婚礼』（一九六四）といったラーキンの詩集から漂ってくるのは、ありふれた日常的な風景の、あやうい安堵感である。保守的で厭世的な、でもけっして特別なものではなく、読者のまわりにいくらでも転がっている亀裂を巧みに隠した風景の切除。私がまず惹かれたのは、まだラーキンらしさが確立されていないと言われる『北航船』の、たとえばこんな一篇だった。

彼女が髪を梳かしているあいだ、朝食を待ちながら
ぼくは人気のないホテルの中庭を見下ろしていた
かつては馬車を駐めていたところだ。舗装用の玉石は濡れていたけれど
鉛を詰めた空に光を送り返すこともなかった。
薄い霧が屋根まで垂れていた。
配水管と避難梯子がよじのぼってきていた
まだ電灯のついているいくつもの部屋を抜けてぼくは思った、変哲のない朝、変
哲のない夜だと

（以下、引用は拙訳）

見あげる窓と見下ろす窓。往来ではなく、閉ざされた中庭に目をやる語り手の閉塞感。この詩は三連構成になっていて、最終連までくると、きぬぎぬの別れの背後に、心のべつの部分で愛しているもうひとりの女性の存在が浮かびあがってくる。「……きみの恩寵に向かって／ぼくの約束は出会い、施錠し、川の如く流れる／でもそれは、

きみがそれを選んだときだけの話……」。ここにはいない女性の処遇ではなく、見えない彼女に対する「ぼく」の心の処遇まで相手に投げ出しているような、ありふれていて、配水管を上から下に流れるどころか不自然な格好で上にのぼっていくような、しかも酷薄な愛。「変哲のない」featureless が「将来性のない」futureless と読めてしまいそうなほど未来の展望を欠く重い塊を、霧に溶かしてごまかそうとする「いくらかは病人、いくらかは赤ん坊、そしていくらかは聖人」。語り手には、低い窓より澱んだ空に溶け込む高い窓の方が、やはりふさわしいとも思える。

ディラン・トマスやイェーツの影響といったことよりも、ここでは「いくらかは赤ん坊」的な若い抒情の表し方を素直に受け入れたい。ラーキンは当初小説家を目指し、二冊の作品を刊行したものの三作目をついに完成できず、ある意味でしかたなく詩人の道に進んだとも言われているが、散文的な言葉の運びと場面設定の鮮やかさには狭小ではあれ物語を構成しようとする意思が働いている。中庭を見下ろす鉛のように鈍重な愛といったテーマで小説をやすやすと書きあげてしまう詩人はおそらくほかにもいるだろう。この一篇には断片のまま終わりかねない未熟さも見受けられる。しかし、軽さは鉛を飲み込んだような重さとも表裏しているのだから、詩の内側で詩の外側を眺め、巧まざるふうを装いつつ展開されるこの独特の敗北感に惹かれなければ、そしてその敗北が愛に結びついていたのでなければ、門外漢の私がラーキンの詩集を手に取ることなどなかっただろう。「道路なし」(『欺かれること少ない者』より)と題された一篇の、文字通り塞がれた感覚だけが可能にする、裏返しの開放感——。

　ふたりのあいだにある道路を
　使わないことにして
　門を煉瓦で塞ぎ、たがいに見えなくするために木々を植え、
　すべての時を浸食する代理人たちを野に、
　つまり沈黙を、空間を、見知らぬ者たちを放って——適当にあしらっても
　さして効果はなかった

通じていない道路を挟んでの愛が、本当に出口なしになるのかどうか。一九二二年、コヴェントリーに生まれたラーキンは、オックスフォード大学で英文学を専攻したのち、四三年、シュロップシャーのウェリントン図書館の司書となった。「図書館員の

詩人」としての第一歩はここからはじまり、四六年にはレスター大学、五〇年にはベルファストのクィーンズ大学、そして五五年にはハル大学の図書館へと渡り歩くのだが、勤務先は彼が女性たちと出会う場でもあった。ウェリントンでは当時十六歳だったルース・ボウマンと、レスターでは同大英文科で教えていたモニカ・ジョーンズと、クィーンズでは図書館員のウィニフレッド・アーノットと、また哲学科のレクチャラーだったコリン・ストラングの妻パトリシアと親しくなり、ハルではモニカとならぶ恋人ミーヴ・ブレナンと出会っている。『北航船』の時代にはルースしかいなかったことになるのだが、不毛の愛の匂いは、長い詩作を通して、また、右の女性たちとのあいだを埋める「道路」の向こうとこちらに消え残っている。

以上を踏まえたうえで、『高い窓』に立ち返ってみたい。表現レベルでは明快さと曖昧さが溶け合い、しかもあの玉石の湿っていた中庭から広く社会に目を向けている表題作は、まさにその平明な曖昧さを象徴的に用い、それまでにない卑語さえ交えて、ひときわ鮮烈な導入部を突きつける。

ガキのような男女を見て

野郎は彼女にやっていて、彼女は
ピルを飲むかペッサリーを付けてるんだろうと考えるとき、
これぞ楽園だと私は思う

楽園とは、すべての老人が夢見てきたものだ。そこでは慎み深さも拘束も打ち棄てられ、雨ざらしの農耕機のようになっている。自分が若かった頃は、地獄や罪を怖れ、神父を軽蔑しているなんて言えずにいた。しかし一九六〇年代後半のいま、彼らに神はいない。

言葉よりもむしろ高い窓への想いがやってくる。
陽光を飲み込むガラス、
そしてその向こうに、深く蒼い大気があって、それは
なにも見せず、どこでもなく、果てもない。

言葉より高い窓を思い浮かべるという語り手は、いったいなにを見ているのか。な

にも見ていないことを逆に解すれば、無を、虚を見ているのだとも言える。「窓」や「蒼空」といったタイトルにマラルメの影響を見る評者もいて、それはなかば当たっているだろう。ラーキンの窓は霞を食って生きている仙人の窓ではなく、解放されつつあった性の行き着く虚や、神なき日常の神学の空白を薄いガラス越しに見てしまう詩人の窓ではあるのだが、マラルメを持ち出すならばこの詩の目指すところはむしろ「海の微風」だろう。なにしろラーキンは図書館の司書なのだ。司書室にポルノ雑誌を並べ、多数の女性と関係を持っていた詩人であれば、『さかしま』のデゼッサントを気取らなくても、「肉体は悲し！　ああ、われはすべての書を読みぬ」と独りごちる資格を有している。おびただしい言葉の眠る図書館の外へ、窓の外へ、高い窓の外へと運ばれていく視線の先にあるのは、楽園どころか澄み切った虚無以外のなにものでもない。ただし、この際限のない空と語り手のあいだには、まだあの、煉瓦で塞がれた不可視の壁が聳えている。それを打ち壊すためにも、詩人はやはり、高い窓ではなく言葉をこそ思うべきではなかったろうか。

薬包紙の啓示

なにかを記録しておきたいという想いは、筆記用具が容易に手に入らない極限状況においてよりいっそう募ってくるものらしい。書くものがなくて頭のなかだけで文章を組み立てるといった事態もそのような場では起こりえたし、人目を忍んで詩文を書き残し、壜に入れて地中に埋めたりしたものの、当人は直後に命を落としたという痛ましい例もある。散文と詩とを問わず、時と場合に応じて、彼ら彼女らの選択する筆記用具は異なるのだが、私はなぜかむかしから、ペンもしくはその代わりになるものが確定したあとの、紙類の入手法や選び方に興味があった。身近にあるどんな品を紙の代用とするのか、文学作品のなかにそうした情景があらわれると、本筋をわきにおいてついそこばかり読み返してしまう。どんなものでもいい。チラシや使用済みコピー用紙の裏、新聞紙の切れ端や箸袋の余白、もらったばかりの名刺の片隅、読んでいる本の見返し、切符やレシート、ダンボールの空き箱……。

そんななかでいまだ心に残っているのは、一九二八年六月七日からおよそ三ヵ月間、病に臥せっていた若い女性の、日記の紙である。「大いなる熱が私を解放した」という一文からはじまる記録は、その名にふさわしく、熱海、すなわち熱い海の見える土地を舞台にしている。いまだ冷めやらぬ、しかしひどく明晰な脳髄によって、「私は再び鎔和（フュゼ）された人間だ」と彼女は記すのだが、それらの文字は「中味を嚥んだあとの藥包紙をまるめずにとつて置いて」、借りた万年筆で書き留めたものだった。散薬が包まれていなかった側を使ったのだろう。海辺の温泉町の家の、日当たりも眺めもよいはずの二階にベッドを移したのが六月二十五日。だが医師からは、光を存分に浴びる許可が出ていない。

日かげは九時頃すこし窓硝子の隅のところに見えたきりで消えてしまつた。今は午後。かすかな、音も立てないぬか雨。濕氣が身體に障るからといつて鎖された窓は、そのうへ厚ぼつたいダンテルで蔽はれてゐる。まるで眼かくしのハンカチのやうに。私はもうすつかり慣れてしまつたので、今ではさほど鬱陶しいとも思はない。

閉ざすと書く代わりに、卯女子という名を持つ十八歳の娘は鎖の一字を用いてより強固な密閉状態を示し、そこにレースのカーテンを掛ける。見えない窓。見えない景色。朝、はじめてこの二階の部屋に上がってきたとき、彼女は百合さんというお手伝いらしい女性から、窓の外は海や港を見下ろすベランダになっていると教えてもらう。外がベランダだということは、窓は当然、フランス窓だ。六月二十八日、彼女はその窓と扉を兼ねたガラス張りのドアからベランダに出ようとするのだが、ほんの一歩踏み出しただけで怖じ気づいてしまう。なにを怖がっているのか？　海を？　それとも自分を？　熱から解放されて再生への期待を高らかにうたった彼女の眼は、まだその海の光を正面から受け止めるだけの力を得ていない。いや、力がないのは眼だけではなく、指先もそうだった。一日に三枚ならと許された薬包紙の日記を指はすべて埋めることができず、文字は頼りなくふらついた体温表のようになっていく。

そう、窓は厳しいのだ。体力や気力が不十分な者に対しては、その機能を完全には示してくれない。本来の窓にならないのである。それは、気配を、音を伝え、わずかな光量と色の変化を伝えるための穴にすぎない。その証拠に、彼女はまず、あたらしい部屋の光の量に、色の変化に反応する。「この部屋は生きた光を持つてゐる。それは海からぢかに此處まで流れて來る。何ものにも吸ひとられずに生きてゐる光。この光は影を持つてゐる」。その色に耐えられなくて眼を閉じる。あとはもう、耳を使うしかない。「現在の私にとつて、海は朝夕にやや高まる潮音だけに過ぎない。聴く海。正しさを失はない爲には、私は耳によつて海を理解するより他に途はない」。まだうっすらと靄のかかった視覚より先に、鋭い聴覚から世界に入っていく過程は、私たち人間の成長そのものだ。病からの脱出は再生であって、現在の彼女は幼児とおなじ状態にあると言ってもいい。

この年、彼女は母親を亡くした。画家である父親は、原因不明の熱病に冒された娘を百合さんに託して旅に出ている。百合さんからの報告を受けて、彼がやっと手紙を送ってきたのは七月十六日。驚くべきことに、彼自身も生まれ変わりの最中にあるという自覚に立って、自分が娘と同様「幼児」だと述べる。厚手のダンテルに蔽われた窓のある部屋は、彼ら父娘の出発点だったのである。

一人称が窓から外を見る話ならどこにも転がっているだろう。しかしこの「恢復期」と題された神西清の佳品は、ひとつのカメラ・オブスキュラを介して、父と娘というふたりの主体がいっしょに外を見ようとする物語なのだ。それを現実のものとするべく、父親は七月二十二日に熱海の家に戻ってくるのだが、娘の健康と自身の画業のために軽井沢の別荘を借り、ふたりでひとつという幼児状態からの脱出を試みようとしていた大切な部屋をあっさり離れてしまう。八月七日に軽井沢に移った卯女子は、九日から日記を再開する。しかし彼女の眼に、再生の契機となった海辺の色彩はもうなかった。涼しい高原の色はもっと澄んでいて、彼女はふたたび視力をなくし、聴覚が異様に研ぎ澄まされてくるのを感じる。

神西清が「恢復期」を発表したのは、一九三〇年二月、二十六歳のときだった。まだロシア文学の翻訳家として華々しい活躍をはじめる以前の話だ。神西は語り手である十八歳の女性の感覚の揺らぎに波調を合わせながらもつねに冷静さを保ち、彼女のやわらかい頭脳に父親の脳波を送り込む。湿気と色彩の消失が、「私」という人称で終始言葉をつないでいく卯女子にとって大きな出来事であったとするなら、画家にとってはさらに甚大な痛手になるはずだと読者は考えるだろう。しかし物語はそのように展開しない。父と娘の感性のリンクは、薬包紙に記された文字と窓からの眺めを通じて、もっと緊密になっていくのである。色彩から線への動きは、彼女が高原の雲によって得た感覚ばかりでなく、父親の絵の変化にも影響を及ぼす。八月十六日の日記で卯女子はこう記している。

大きな畫布の上には入りまじつた線だけがはつきりと見える。色彩はその奥につつましく流されてゐるだけだ。私はおどろく。線とは何であらう。高原に來て線を感じたのが私だけでないといふのはどうした事だらう。

色から線へ。それだけのことなら、窓というレンズは必要ない。「恢復期」の最も重要なモチーフは、二日後の記述にあらわれる。「線は色彩の境目ではない。それは色彩の基調なのだ」。父親は娘の恢復に際して、すでに熱海の頃から画家アングルの『随想録』を勧めていた。作品のエピグラフにもその一節が引用されているくらいだから、書き手である神西清自身が、文章に、言葉の窓に、なにを託そうとしていたのかは見誤りようがない。つまり、恢復とは静かな覚醒の別名なのだ。線は面で迫ってくる色彩を拒まず、線として情熱を伝える手段でもありうる。六月の幼女は、九月の女性へと変化する。昼間は眠り、夕刻、百合さんを交えて三人で庭に出てお茶を飲む。昼の外光や鮮明な影が創り出す世界とは異なる「線の存在」を意識するようになったとき恢復はひとまず完結し、幼児の心を脱した彼女は、いきなり、いや、薄々は感じていた父親と百合さんの関係を、今度は明瞭な線として意識し、理解するのである。

ところで、「恢復期」を発表した四ヵ月後、神西清は「詩と詩論」第八号に、「恢復期」の草稿を編み直した「卯女子の日記」と題する別稿を発表している。扱われているのは、一九二×年六月二十八日から八月二十八日までの二ヵ月間。熱海を経て軽井沢に舞台が移る設定は本編とおなじだが、はじまりの日付が異なるために受ける印象は重ならない。後者の冒頭は、こう書き起こされている。

海光の青が瞳いつぱいに映つたので、私は佛蘭西窓のダンテルのまはりを影のやうに滑つて室内へと逃げ込んだ。

熱からの解放、新生へと向かう気配が、ここからは感じられない。おまけに、日付もあり、タイトルに日記とあるにもかかわらず、「卯女子の日記」にはあの薬包紙が登場しないのだ。これでは彼女がなにに言葉を刻んでいるのかがわからない。「恢復期」の文章が、鎖された窓の薄闇から卯女子を引き出し、海と港の見えるベランダに立たせたあとそれとは正反対の世界に連れていって両者を統合させ、彼女に大人の愛の兆しを理解させるところまで少しの澱みもなく運んでいくのに対し、「卯女子の日記」には、色しか、もしくは線しか使われていない。色彩の基調となる線の力が省かれたために、繊細で理知的な「恢復期」の言葉の陰翳が薄くなっている。

では、なぜ神西清は、後日譚ではなく別稿を発表したのか。おそらく、彼自身も語り手に伴走する恰好で、創作における色から線への移行を体験したのではあるまいか。そして、色を内包した線の力がなければなしえない作品を書いたことを、あらためて確認しておきたかったのではないか。「恢復期」の卯女子は、線の発見を通じて、自分もまた父親と同様、画家になりたいと考えるようになる。意識の上での父との同期は、彼女にとって最も深く、最も痛ましい愛の放棄でもあった。色と線を結ぶのは、亡き母のあとをごく自然に引き受けている百合さんという女性の存在でもあるからだ。愛を、色彩ではなく線で描くこと。しかも、味気ない線を超えた、色を支える線で捉えること。「熱情さへも線によつて現はさるべきである」というアングルの箴言を引きながら、卯女子は、自分はその言葉が気に入ったのではなく「怖いのだ」と正確に記していた。恐怖のあらわれとしての愛と彼女を対峙させたことによって、神西清もひとりの言葉の画家としての自分自身を摑み取っていたのである。

＊引用は『神西清全集』第二巻（文治堂書店、一九六二）に依る。

私は窓を愛しつづけた、窓に凭れて。

一九三五年八月、この年、すでに何度も小規模な噴火を繰り返している浅間山がまた赤い炎を噴きあげた。同年七月から信濃追分に滞在していた立原道造は、八月四日の朝にはじめてその様子を見て、「それは雲の絶間から眺められたのだが、りつぱなものであつた」と友人に書き送っている（猪野謙二宛）。翌年発表された『萱草（わすれぐさ）に寄す』の冒頭に置かれた「はじめてのものに」は、こう詩い起こされている。

ささやかな地異は　そのかたみに
灰を降らした　この村に　ひとしきり
灰はかなしい追憶のやうに　音立てて

　樹木の梢に　家々の屋根に　降りしきつた

地異という硬い言葉を、それこそ灰のように覆う「ささやかな」思い出の層に沈めながら、地中から噴きあげた途方もない炎を埋み火に、記憶を追憶に変えていくこの四行は、ソネット形式の第二連として次のように展開されていく。

　その夜　月は明かつたが　私はひとと
　窓に凭れて語りあつた（その窓からは山の姿が見えた）
　部屋の隅々に　峡谷のやうに　光と
　よくひびく笑ひ聲が溢れてゐた

　自然の変異を観察するために、そして追憶を可能にするために、立原道造は窓を必要としていた。草むらで仰向けになっているあのよく知られた写真に示されているとおり、彼は中原中也の教えに忠実な、心の視野の確保のために好んで寝転がる詩人でもあった。寝転がって、噴煙だけでなく青い空と雲の流れをたどる。追分で夏を過ごすようになって以後はその傾向がさらに顕著になるのだが、彼の詩想が動き出すのは窓の向こうに景色を捉えた瞬間からだった。そして、窓からの眺めを愛するだけでなく、彼は窓そのものを愛し、作品においても書翰においても、窓という言葉を頻繁に用いた。窓は修辞ではなく、甘く苦い認識と夢想のための、つまり「ここ」ではないどこかへ語り手を誘い、他のどこでもない「ここ」に縛りつける、ふたつの相反する機能を持つ生命維持装置だった。

立原道造は、一九三一年四月、旧制一高に入学した。一高生には原則として寮生活が課される。ところが、彼はこの共同生活に耐えられず、特例として日本橋の自宅から通学するようになった。杉浦明平の言葉を借りれば、完全な「異端者」である。身長約一七〇センチで体重は四五キロほど。共同生活のなかで脆弱な肉体を人前に晒したくなかったというより、独りの空間が必要だったのだろう。一高時代に暮らしていたのは二階の三畳間だったが、美大への道を諦め、東京帝国大学建築学科に進学した頃、十二畳ほどの屋根裏部屋に移った。建築家の卵でもある詩人にとって、屋根裏という特殊な空間に身を置いたことは、じつに貴重な体験だったと思われる。この屋根裏を訪れた室生犀星は、以下のように記している。

帆柱に部屋を取りつけたような構造で、窓が二つくらいあったが、陰鬱な書斎だった。どこにも変った処はない。ただ、その書斎までに若さが装飾され、一つの物でも、生かして眺めるという好奇の風景があった。

（『我が愛する詩人の伝記』中央公論社、一九五八）

屋根裏だから当然梁は剝き出しで、傾斜した天井を見あげれば幻の竜骨があり、帆柱があり、まさしくそれは難破してひっくり返った船の様相を呈している。犀星の証言は陰鬱さと若さの共存を伝えて興味深いが、より参考になるのは高橋幸一の言葉で、そこでは空間構成に対する立原道造の感性の鋭さ、繊細さが強調されている。

屋根裏といつても床に古びたテエブルや椅子を置き、針金を渡して黒いきれを下げた仕切りの向うに本箱や寢臺の置いてある本格的な屋根裏部屋で、表に面した窓の擦り硝子に堀さんの「硝子の破(わ)れてゐる窓　僕の蝕齒よ・・・・」の詩が樂書きのやうに鉛筆で斜めに書いてあつたり、梁に古風な吊りランプが下つてゐたり、屋根の裏側の眞ん中から兩方へゆるやかに傾斜してゐる垂木に、面の單調を破るためであらうか、外國雜誌のゴチック活字のペエジが二個所ほど斜めに貼りつけてあるといふ風に、部屋の隅々まで立原君の屋根裏の美學によつて設計されてあつた。

（「屋根裏の立原君」、「四季」一九三九年七月号）

日本橋橘町にあった立原家は荷造用木箱の製造業を営んでいたが、一九一九年に父親が三十七歳で急逝したため、道造はわずか五歳で家督を継ぐことになった。生家は関東大震災で焼失しているので、ここに描かれているのはおなじ場所に建て直された家ということになる。犀星が「二つくらい」と曖昧な表現をしている窓が正確にいくつあったのかはわからないけれど、少なくともそのうちのひとつが表通りに面していたことはまちがいないだろう。しかもガラスは「擦り硝子」だった。透明なガラス越しに向こう側を見るのではなく、詩人は窓を開けて枠の半分空いたその四角い穴から直接外気を吸いながら世界と対峙していたわけである。

屋根裏に住んだ詩人、作家は少なくない。彼らにとって、建物の最上階にあり、かつ完全に閉ざされたその空間は、虚と実を分かち、外界と内界を区別するために閉じこもるシェルターだった。心地良いとか好きなモノに囲まれているというだけではなく、心象風景をぼんやりと、かつ正しく映し出すために必要不可欠な暗箱だった。ただし、シェルターと言っても地中深く掘られたものであってはならない。立原道造の空間には、光と同程度の風が必要だった。窓の外には風がそよいでいなければならなかった。

麓の村にくらして、とほく八ッ岳や蓼科を平（たひら）の空に眺めてゐた。私の窓から佐久の平がよく見えた。山の肌にはつきり皺のかぞへられる日になつた。私は窓を愛しつづけた、窓に凭れて。

往還や林のなかにたたずんだ、ひとつ花に見いつたり空を仰いだり、さうすれば時の流れがおそくなるとでも信じてゐるやうに。

（「スケッチ・ブック1」一九三五年九月）

おまへ

僕の望み　窓

町の空にも　白い蝶がとんで來ることがある　午前の微風のなかを　近づいた青
空のなかをもつれるやうに　それは高く高くのぼつて　見えなくなる

窓
旅を夢みさせる光

（「火山灰」ノート）

ふたつの窓に引き裂かれる心。「私のかへつて來るのは」と題された詩篇には「窓のない壁ばかりの部屋」という一節も見られる。これは現実を超える現実としての、作品内世界に求められた仕様変更だったろう。しかし古い鉄製のベッドと木の椅子が三つ、天井が低くてランプが下がっている作中の部屋は、いつも彼の帰還を待っている。追分で具体的な名と肉体を持つ女性たちとすれちがいながら、それをほとんど虚構に近いプルースト的な「花咲く乙女たち」に昇華させていった詩人の胸に、窓は火山灰の降る村での澄んだ思い出をふたたび引き戻す。

　僕はあのちひさい窓のある僕の部屋で、このやうな灰色の光にみちた夕ぐれに
おまへのことをかんがへてゐたい。あの窓のそばの黒い小椅子に腰かけて。
　青いランプをともすまで。

（「火山灰」ノート）

　構図の反転。火山のある村での思い出をその場で味わい尽くすのではなく、質素だがおのれの美学に基づいて完璧にしつらえたあの窓のあるシェルターにわざわざ持ち帰って光を遮断し、ランプを灯したうえで反芻すること。「僕はかへつて來た、暑い部屋、ちひさい窓、アルヂエリアよりもつと暑い」（「火山灰」ノート）と記されたこの部屋は、訪れたことさえない北アフリカの、サハラ砂漠を抱える国と比較されることによっていよいよ真の虚構性を高めていく。
　しかし、そのようなシェルターを持ちながら、いや、持っているからこそ、最期の日々に向かって窓の外を心の内側に取り込もうとした詩人は深甚な危機を迎えること

になったのである。一九三八年七月、大学卒業後に勤めはじめた建築事務所を突然休職し、彼は長い旅に出る。おなじ事務所でタイピストとして働いていた女性と愛し合うようになっていながら、その大切な女性をいったん虚構の世界にしまい込んで現実世界では遠ざけ、東北から九州まで、「墓場までついて來るかなしいゲニウス」(生田勉宛)を信じ、弱り切った身体にはほとんど自殺に等しい行動に打って出た。愛するが故に別離がいっそう大きな愛となることを疑わず、漂泊の孤独に耐えること。「僕の若さが、ひとつのランプの信頼に、ちひさい窓のなかの部屋で風景のホリゾントを狭めながら、過ぎてしまつていいものだらうか」(同右)と、あんなにも心を落ち着かせる空間だった窓のある部屋を捨ててまで、彼はついに外部へと踏み出したのである。

ただし、墓場まで追ってくるゲニウスは、詩人をどこにも逃がしてはくれなかった。窓の向こうでもこちらでもない、冥界の一歩手前の中間地帯に明かりを灯すために、ほかならぬ窓を囮にして、心の地異を鎮めてはくれなかった。十二月、長崎で発熱し、喀血した彼は、五日にいったん当地で入院したものの、早くも十三日には重い身体を押して帰京する。その日、友人生田勉に宛てて、彼はこう書き送った——「のりこえ

のりこえして生はいつも壁のやうな崖に出てしまふ」と。

＊引用は『立原道造全集』全六巻（角川書店、一九七一〜七三）に依る。

肩にとまった時間

重そうな空から染み出した乳白色の甘い霧が匍匐して、小川の水面を、灌木のあいだを、家々の蔭を、干し草の山のわきを、大型犬の周囲をゆっくりと浸食してくる。そこには生死の境目としか思われない静けさが漂い、未知の気配が霧の粒子のひとつひとつと感応して、それらをいっせいに震わせているかのようだ。無理に視線をのばして白濁した世界の下をくぐらせていくと素朴な木の塀があらわれるのだが、見てはならない境界線が具体的な形をとってこの先行き止まりの信号を発しているのか、それとも越えるがいいと誘っているのか判然としない。木製の電柱に渡された一本の電線だけが、途方に暮れた私たちを取り残して、その上を無傷で通り抜けていく。

それにしても、なんという光の質だろう。フェルメールやハンマースホイのいくつかの絵を連想させる四角い世界のなかで、光はつねに向こうからやってくる。木々や家の影は撮影者の背後にいる私たちの方へと伸びてきて、どの国のどの地方と特定することさえ無意味な原風景に開かれた窓から室内に差し込み、ハレーションを起こした窓はそのままイコンのない祭壇となる。その光と闇の中間地点に静止した時間のなかに私たちは立ちすくんで、これからなにが起こるのかを見極めてみたいと、身体の底からそう願っていることに気づかされるのだ。

一九七九年から八四年にかけて、アンドレイ・タルコフスキーがロシアとイタリアで撮影した一連のポラロイド写真『インスタント・ライト』（テームズ＆ハドソン、二〇〇六）は、驚くべき五感の綜合と、なかば宗教的な忘我によって摑み取られた世界である。ネガのない、したがって一度しか像を結ばない紙の上に封印された時間。二度と戻らず、二度と再生不可能な、そこにしか存在しない時間を前にして私はおそらく緊張していたのだろう、最初見たときには視線が光に飲まれ、白い発光体の方へと引き付けられて、室内の細部にまで注意が行き渡らなかった。『ノスタルジア』で象徴的に用いられる湯治場バーニョ・ヴィニョーニで撮られた一枚に手を止めたのが何度目のことだったのか、もうはっきりと覚えていない。中央に緑色の鎧戸を押し広げた窓があり、花とピッチャーの置かれた窓辺から差し込んだ光が、絨毯の上で中途半端にめくれた新聞に当たっている。私はそれまで、左手の陰になった部分の椅子ばかりに気をとられていたのだった。その上に置かれている、緑の混じった紺青色に塗装されたタイプライターは、本体のラインからオリベッティ社のものだろうと予想しつつ、これは要するに床に座って仕事をしていたということなのだろうと、その程度の感想で通り過ぎていたのである。

ところが、よく見ると、窓の右下に立て掛けられている取っ手のついたほぼ矩形の白いケースが、本体の形状や大きさに合致していない。それに気づいた瞬間、私はケースじたいに激しく感応してしまった。なぜならそのケースは、いまこの文章を書いている机の下に立てられたタイプライターのものと、まったく同型だったからだ。右手の、無地ではないけれどオレンジ色が大部分を占めるクロスが掛けられたテーブルに視線を移して、すぐに確認できた。いかにも一九七〇年代の意匠を思わせる鮮やかなオレンジ色のボディーの、ぺたんとしたタイプライターが載っている。オレンジ色のあいだを走っている白いプラスチックの枠が保護色になって、見えにくかったのだ。ひとつの部屋の、これほど近接した位置にタイプライターが二台置かれているという状況がまず異例で、それがこちらの不注意を誘ったにちがいない。

OLYMPIA DACTYMETAL JUNIOR。「ダクティメタル・ジュニア」はオリンピアの最も廉価な、チェコスロヴァキア製モデルのひとつで、私は最終ロットの一台を、留学生だった頃にパリで手に入れた。キータッチが非常に重く鈍重な反面、細部の仕上げが呆れるほど軽く粗悪な愛すべきこのタイプライターを使って、いったい何通の事務書類を作成し、何枚の図書カードを打ち、結局は未完に終わった文章の下書きを何枚こしらえたことだろう。すでにワープロも併用していた時代だが、私はある時期、カーボン紙を挟んだ二枚重ねの方法でコピーを取りながら、この機械と終日向き合っていた。天井の低い小さな部屋で一時間も打ちつづけていると、指が疲れるばかりか耳まで痛くなってくる。だから晴れた午後になるとしばしばケースをかぶせて外へ持ち出し、広い公園のベンチに腰かけてサンドイッチを頬張りながら膝の上で打ったりした。音は樹々と土と空に吸われてむしろ静かなくらいである。気持ちよく片手の指だけでキーを叩いていると、こぼしたパン屑目当てに人なつこい雀がやってきて、ベンチの下からベンチの上へ、ベンチの上からわずかに残された膝の上へと飛びまわり、その姿を見つけた仲間が何羽もあらわれた。肩に乗ることさえあって、そうなるとさすがに貴重なパンをちぎり、少し離れたところへ投げて彼らを遠ざけるほかなかった。

タルコフスキーは当時、脚本家トニーノ・グエッラと共同でシナリオを書いていたから、先の写真の、二台のうちの一方がこのイタリア人の所有物だった可能性も否定できないけれど、まだソヴィエト時代であったことを考えれば、モスクワから持ち込まれた機種がチェコ製のモデルだったとするのは自然な推理だろう。残念ながら初期のTGVにも似た派手なオレンジ色は、日本の一般的な部屋には少々そぐわない。また、現在ではタイプライターの使用範囲がきわめて限定されているため——封筒の宛名を打つ程度——、ふだんはケースをかぶせて眠らせている状態なのだが、私物として十数年のあいだ細々と使いつづけてきた愛機が稀有な光のなかに埋もれていたことに、私は少なからず感動した。

タルコフスキーは手書きで日記をつけていた。仕事用のノートもほかにあったようだが、双方から湧きあがってきた言葉を外に出す手段がタイプライターだったのであり、彼はそれを置いた室内の様子を撮影したいと考えたのである。一九七九年八月十四日、バーニョ・ヴィニョーニで、彼はこう書いている。

トヴォリに電話をして、ポラロイドカメラを一台買ってくれるように頼んだ。何枚かクリシェを撮りたい。

明日は《フェラゴスタ》の祭りがはじまる——夏の終わりだ。一日のいろんな時間に、窓から写真を何枚か撮っておきたい。

そのカメラを使ってできあがった写真集の末尾、見開きの右頁に、聖者のようなタルコフスキーの姿がある。毎朝、窓から彼の病床を訪れていた小鳥との対話の一場面だという。一九八六年、肺ガンで亡くなる前にパリの病室で撮影されたものだ。自伝的な『鏡』の最後でも小鳥が印象的に用いられていて、左頁にはその折のスチール写真とおぼしきモノクロの一枚が添えられている。映画のなかで、ベッドに横たわった息子の容態を扁桃腺のせいにしようとする母親に、医者は断言する。なにか悲しいことがあったときに見られる症状だから、治る治らないは患者しだいです、と。それが命の存続を意味するのか、どこか遠い場所への旅立ちを意味するのかは不明だが、彼が白いシーツの上にうずくまっていた——死んでいた——小鳥を節くれ立った右手に包み、そっと握ると、小鳥は息を吹き返して、開かれた掌から宙に飛び立っていくのである。

あのイタリアの部屋にも、霧の幕を抜けて小鳥が訪れることがあったのではあるまいか。パリの公園でオリンピアのタイプライターを叩いていた記憶が私を取り囲み、肩に乗りさえした雀たちといっしょにポラロイドの時の扉をこじ開けようとする。なんのつながりもなかった静止画像が、思いがけない共通項をもってこちらの胸を揺さぶる。小鳥と戯れることのできた日々は、もう戻ってこないだろう。けれども、乳白色の霧と印画紙を介して、再生できないはずの一瞬一瞬を私は生々しく思い返すことができたのだった。タルコフスキーが何度か引用している、ヘンリー・デヴィッド・ソローの言葉のひとつ、一九八一年十一月二十三日に書き留められた一節が、いましみじみと胸に染みてくる。『森の生活』の詩人は言う。

今日、雀が一羽、肩にとまった。そしてわたしは、どんな肩章よりもはるかに立派な栄誉を受けたと感じた。

地位や武勲を示す肩章よりも、小鳥の重みの方がずっと貴重なのだ。おそらく記憶の湧出も、小鳥の足の重みに似た、ほとんど気配と呼んでもいいくらいのかすかな信号によってはじまるのだろう。それを受け止めるか受け止めないかによって、内なる旅の行方は、生の行方は、大きく変わってくる。聞き逃した音、見逃した合図を求めて、私はふたたびポラロイドの世界に入り込む――今度はもうそこから出てこられないのではないかという、幸福な恐れを封印したままで。

＊タルコフスキーの日記は『日記一九七〇―一九八六』（カイエ・デュ・シネマ、二〇〇二）に依る。引用は拙訳。

そのうちに逢ふのです

年の暮れの曇天の一日に、尾形亀之助の『色ガラスの街』を持って、工場のある郊外地区へ散歩に行った。初版は一九二五年に東京の惠風舘から刊行されているのだが、手もとにあるのは七〇年に名著刊行会から出た復刻版である。持ち歩くにはやや重いし、のどの部分が少し硬くて開きにくかったりもするけれど、ノンブルなしで天地に余白がたっぷりとられているため、移動しながらでも文字は追いやすい。それだけでなく、『色ガラスの街』はこの角背の版でないと、くっきりしたひとつの世界として機能しないような気がするのだ。閑散とした工場街に人の気配のない架空の街を重ね合わせ、語り手にしたがって移動していく途中でいちばん気に掛かるのは、あちこちに配された窓である。それらの窓の前で、あるいはその下で、私は何度も立ち止まり、落ちてくる言葉を拾いあげながら、その破片の曇った玻璃色をどう扱ったらいいのかわからず、窓から窓へ、灯台の灯りを頼りに航行する夜の船の不安を抱えて寒空の下を経めぐった。

詩行と詩行のあいだの空白がときどき凪の海になって、誰かに挨拶したいと思っている私の歩みを止め、「カステーラのよう（ママ）に／明るい夜」（「明るい夜」）の闇に放り込む。音のしない工場街の碁盤目をぶらつき、見えない煙突に向かって進んでいくうち、語り手がふっと姿を消して窓があらわれる。「夜る（ママ）／少し風があつたので／私はうつかり二階の窓からすてた煙草の吸ひがらが氣がかりになりました」（「夜の庭へ墜ちた煙草の吸ひがら」）。窓の外には、おそらく、「猫の眼のよう（ママ）な月」（「猫の眼月」）が出ているだろう。猫眼の月は、時に円形に、時に三日月に変容して、窓のガラスか鏡のような役割を担う。「月が落ちてゆく」と題された一篇で「私」はこんなふうに言う。

赤や青やの燈のともつた
低い街の暗ら（ママ）がりのなかに
倒しまになつたまま落ちてしまひそう（ママ）になつてゐる三日月は

いそいでゆけば拾ひ（ママ）そう（ママ）だ
三日月の落ちる近くを私の愛人が歩いてゐる
でも　きつと三日月の落ちかかつてゐるのに氣がついてゐないから

気がついていないからどうなるのか。読者は、夜、林間の空き地のように開けた場所に足を踏み入れて、その広さに戸惑う。それが何行分の空きになるのか、にわかに判定できないような版組みになっているからだ。三日月が落下しそうなのは、言葉の新開地に開けたまっさらな空間である。その三日月を介して、男と女が反射鏡のように向き合う。男は女を意識し、女は男の意識を受け取らない。窓はここでマジックミラーとなって、わずかな真空地帯ののちに、相手は「私が月を見てゐるのを知らずにゐます」という詩行を引きつける。

しかし、本当に知らないのか？『色ガラスの街』は詩集と銘打たれているけれど、読みようによっては、一組の男女が一枚の薄くて透明なガラス板を挟んで向き合っている歌物語、いや詩物語とも読める。いまにも壊れそうな色ガラスの窓が、解放と脱出の手段であると同時に閉塞と待機を助ける装置でもあることは、窓そのものの働きの基本として不自然ではないだろう。実際、「彼は待つてゐる」のように、待機を主題にした作品もある。「彼は今日私を待つてゐる／今日は來る　と思つてゐるのだが／私は今日彼のところへ行かれない」。出会いの瞬間を先延ばしすることに対する、ひとりよがりで、だからこそ甘美なこの待機への姿勢が、街の時空を微妙に歪めてくれる。

新しい時計が二時半
彼の時計も二時半
彼と私は
そのうちに逢ふのです。

クロノスの神は誰に対しても公平にふるまう。「彼」と「私」の時計の針は、正確におなじ時刻を指している。にもかかわらず、ここで「私」と称する語り手は、「そのうちに」と言わずにいられないのだ。「そのうちに逢ふ」とは、前向きの選択なのか、後ろ向きの決意なのか。時計の窓は答えを保留したまま、あくまで同時刻での宙吊りを求める。要するに、「そのうち」とは永遠に繰り延べられた未来の別名でもあって、ひとつの街で架空の季節は不規則に流れていくのだが、春になったからといって「私」はむやみに外へは飛び出さない。椅子にじっと座って、動かない。「私はこう(ママ)した私に反抗しない／／私はよく晴れた春を窓から見てゐるのです」（「春」）。窓は語り手を待たせるだけでなく、時間そのものを留め置く力になっている。待機の誘惑はふたたび、「私は待つ時間の中に這入つてゐる」というタイトルのなかではっきり記されるだろう。時間の止まる場所としての、駅の停車場。窓の閉じられた停車場の構造は、レールの上の客車と同等である。その停車場の窓が、すべて閉じられているのだ。

　尾形亀之助は、一九〇〇年、宮城県に生まれ、四二年に亡くなっている。尾形家は初代が梅酒の壜詰め販売で巨富をなした素封家だが、亀之助が誕生する前、養子として跡取りになった彼の祖父は、初代の影を振り払うように家業を畳んでいた。大きな蔵には、だから、使うはずだった空の壜がたくさん残っていたという。壜のなかの雲は彼の詩のなかで幾度も反復され、透明なガラスのような言葉に曇りと翳りを与えている。時間はその空っぽの壜のなかに閉じ込められたのち、窓から流れ出るのだ。「二時半」を問題にした「彼は待つてゐる」の真ん中には、じつはこんな一連が挟まれていた。

彼はコツプに砂糖を入れて
それに湯をさしてニユームのしやじでガジヤガジヤとかきまぜながら
細い眼にしはを(ママ)よせて
コツプの中の薄く濁つた液體を透して空を見るのだ

コップは蓋のない壜である。そのなかにアルミニュームの匙を入れて、液体を、「彼」を、「私」を、そしておそらくは「時間」をも掻きまわす。どれほど澄んだ、どれほど美しくて華奢な映像がなかに入っていても、壜それじたいが曇っているかぎり、攪拌される時間も濁りつづける。しかもその濁りは光を吸って、陰気になるどころかむしろ明るさを増す。「から壜の中は／曇天のやうな陽氣でいつぱい」（「無題詩」）なのだ。

とはいえ、移動すれば移動するほど「待つ」ことの重みが増す街とは、どのようなものなのか。二階の窓から捨てた煙草の吸い殻が、空に掛かった三日月が、吹き過ぎる風が止まって見えるような、コマ送りの世界なのだろうか。

俺は一日中待つてゐた
そして
夕方になつたが
それでも　暗くなつても來るかも知れないと思つて待つてゐた
待つてゐても
とうとう君は來なかつた
君と一緒に話しながら食はふ(ママ)と思つた葡萄や梨は
妻と二人で君のことを話しながら食べてしまつた

（「一日」）

来なかった「君」にもう少し抽象的な存在をあてがっても、それほど的外れにはならないだろう。待ってもあらわれないものとは、「そのうちに逢ふ」ために呼び出された架空の存在である。それが逢えない恋人でないとしたら、残る可能性はひとつ、神しかない。けれど、そのひとつに語り手は倚りかかろうとしない。

尾形亀之助は、短歌から出発している。物理学者でありアララギ派の歌人であった石原純と原阿佐緒が一九二〇年に創刊した「玄土（くろつち）」にかかわり、二十歳のとき結婚した妻タケの、その母の弟、つまり義理の叔父にあたる木下秀一郎を通じて未来派の美術協会に参加し、絵画にも手を染めた。しかし、彼はやがて、詩誌「亜」の同人たち、ことに安西冬衛らのモダニズム風の短詩に惹かれて短歌からも絵画からも離れ、煙草の吸い殻とガラスの破片を混ぜたような言葉を書きはじめる。『色ガラスの街』としてまとめられた九十篇以上の短い詩篇には、先の石原純がアインシュタインの教え子であり相対性理論の研究者であったことが思い出されるような、時間の静止と歪みに満ちている。亀之助が石原の概論に目を通していたとかいなかったとか、そういう話ではない。『色ガラスの街』を手にしていると、書物のなかの無人の街が大きなうねりのある空間に見えてくる。具体的ななにかではなく、ふたつの存在が「そのうちに逢ふ」ために必要な、物理の法則を超えた時空の歪みがここにはあるのだ。
この歪みは神でもニュートンのプリズムでもなく、薄暗い蔵の闇を吸っている空のガラス壜によってもたらされ、窓のある部屋はそのまま大きなガラス壜になる。夜から昼へ。「晝(ひる)の部屋」と題された静物画のような一篇は、「二時半」の世界を私たちに示してくれる。

テーブルの上の皿に
りんごとみかんとばなな――と

晝の
部屋の中は
ガラス窓の中にゼリーのやうにかたまつてゐる
一人――部屋の隅に
人がゐる

攪拌していたはずのコップの中身が、いまゼリーのように固まっている。ガラス窓から吸い込まれた光はこの半透明のゼラチンを透かして抜け出し、ニュートリノのような不可視の塵と化して光り出すだろう。だが、尾形亀之助は『色ガラスの街』にいつまでもしがみついているわけにはいかなかった。四年後の第二詩集『雨になる朝』にも、窓は登場する。「窓を開ければ何があるのであらう／くもりガラスに夕やけが映つてゐる」（「戀愛後記」）。ただし、それは「ゼリーのやうにかたまつて」、もっとどんよりしている。一九三〇年に出た最後の詩集『障子のある家』になると、ガラス窓はほとんど廃され、もう「厠の窓」（「秋冷」）しか残っていない。

アルミサッシの窓を見ながら私が歩いた冬の街は、ひとつの大きな部屋だった。どこまで歩いても宇宙のように終わりがなく、漠然とした境界さえなかった。街という部屋の隅にひとりたたずんで亀之助の詩集を開くと、なにがあってもこの原色ではない世界の外には出たくないという気持ちになってくる。

私は今日は

私のそばを通る人にはそつと氣もちだけのおじぎをします
丁度その人が通りすぎるとき
その人の踵のところを見るやうに

（「うす曇る日」、『色ガラスの街』）

とうとう来なかったはずの、来てはならなかったその人に、気持ちだけの、架空のお辞儀をすること。ただし歩道に立ってではなく、室内から、窓を通して。「うす曇る日は／私は早く窓をしめてしまひます」。窓は再び閉ざされ、私は、私たちは、語り手は、色のないガラス壜のなかに閉じ込められる。そこには尾形亀之助以外の誰も見たことのない、言葉のゼリーが眠っているのだ。

中央公論新社『戸惑う窓』二〇一四年一月刊

中公文庫

戸惑う窓

2019年10月25日　初版発行

著　者　堀江敏幸

発行者　松田陽三

発行所　中央公論新社
〒100-8152　東京都千代田区大手町1-7-1
電話　販売 03-5299-1730　編集 03-5299-1890
URL http://www.chuko.co.jp/

DTP　嵐下英治
印　刷　精興社（本文）
　　　　三晃印刷（カバー）
製　本　小泉製本

Published by CHUOKORON-SHINSHA, INC.
Printed in Japan　ISBN978-4-12-206792-9 C1195